Cristiana Tognazzi

Zucchero filato

Rizzoli

Pubblicato per

Rizzoli

da Mondadori Libri S.p.A.

ISBN 978-88-17-12996-1

Prima edizione: giugno 2019

Zucchero filato

A chi crede ancora che le nuvole creino disegni bellissimi.
A chi trova l'amore nelle piccole cose.
A chi si perde nei dettagli.
A chi ti sceglie ogni giorno.
A te, dolce creatura.

I

Non so bene che fine facciano gli amori non corrisposti, ma so cosa lasciano ogni volta che qualcosa va storto. Conosco il senso di vuoto che segue la fine di un amore, un amore che il più delle volte non è come ci aspettavamo. Ma non capisco perché, ogni volta che ci innamoriamo, non facciamo altro che vedere le cose positive. Quando siamo innamorati è come se al mondo non esistesse cosa brutta, tutto è meraviglioso, ogni singolo dettaglio diventa grande, tutto viene amplificato, come se non ci fosse spazio per nulla di negativo. E non capisco, non ho mai capito chi, pur di non perdere la persona che ama, decide di farsi andare bene tutto.

Io non sono così. Io parlo tanto, parlo troppo, se qualcosa non mi sta bene lo dico. Forse è per questo che sono qui a raccontare che non c'è cosa più bella di un amore chiacchiericcio, di un amore che sa ridere, ma che sa anche affrontare le discussioni e i piccoli problemi quotidiani.

L'amore va oltre ogni logica, è vero, ma non smettete mai di amare voi stessi quando qualcosa finisce. Non smettete di essere ciò che siete davvero quando qualcuno decide di portarsi via un pezzo di voi. Le persone arrivano, ti scombussolano la vita e poi puntualmente se ne vanno, prendendosi qualcosa di vostro che non riavrete mai più.

Non abbiate paura di cadere quando l'amore vi tradisce e sceglie di non restarvi accanto. Non abbiate paura di piangere, perché farlo non vi rende persone deboli ma fortissime. Persone che hanno lottato e che hanno amato con tutto l'amore possibile.

2

Sono passati novantasette giorni da quando Giovanni è andato via di casa.

Non so bene cosa provo, ma il mio cuore sente una forte malinconia. Mi ha lasciata una sera qualunque, una sera in cui ero appena tornata da una cena con dei colleghi. Mi aveva detto che non stava bene, che con quel freddo non gli andava di uscire e io, senza troppi problemi, ero uscita lo stesso. Non era la prima occasione in cui succedeva una cosa del genere, anzi: negli ultimi due anni erano più le volte in cui uscivamo da soli che in coppia.

Avevo già capito, però, che qualcosa tra noi si stava rompendo. Era accaduto una sera in cui Giulia ci aveva invitati a cena da lei. Giovanni all'ultimo aveva detto di avere troppo lavoro arretrato, e così io ero andata da sola. Una volta arrivata avevo salutato la padrona di casa, lei subito mi aveva abbracciato e poco dopo aveva allungato il collo per guardare meglio dietro di me: «Giò sta cercando parcheggio?». Le avevo risposto in fretta che ero sola, che Giò era dispiaciuto ma non si era sentito bene. Era stato quello, il momento: quello in cui, senza sapere bene perché, avevo deciso che era giusto mentire per lui.

Adesso, a distanza di anni, penso che l'amore ci renda ciechi davanti a determinate situazioni. Me ne sarei dovuta accorgere prima, che qualcosa stava andando per il verso sbagliato, eppure ho continuato a fare finta di niente. Davo colpa al lavoro, alla stanchezza, alle pressioni famigliari. Ero lì, sempre pronta ad accettare, sempre pronta a rispondere: «Sì, come preferisci tu». Se una cosa faceva star bene lui, allora automaticamente stavo bene anche io.

Ho sempre pensato che l'amore fosse questo, venirsi incontro in ogni situazione… ma con il tempo ho capito che venirsi incontro non basta, se i miei passi sono più lunghi dei tuoi. Con il tempo ho capito che l'amore è condivisione, è camminare insieme, e non scollegati. L'amore è quando non si sta né davanti né dietro, ma accanto.

L'amore, per me e Giovanni, era quella cosa che non riuscivamo più a toccare con mano. Ogni volta che avevamo la possibilità di riprenderci, ecco che uno dei due indietreggiava e l'altro, a poco a poco, mollava la presa. Ma, nonostante tutto, non riuscivamo a prendere la decisione finale. Restavamo lì, magari senza dirci una parola per giorni, senza nemmeno salutarci, senza nemmeno avvisarci di un ritardo la sera, senza nemmeno discutere delle nostre infinite incomprensioni. Restavamo lì perché ci piaceva la monotonia, ci piaceva l'idea di non dover ricominciare a raccontarci. Ormai erano anni che tutto era stato detto, ricominciare da zero risultava difficile e nessuno dei due voleva mettere quel fatidico punto.

Fino a novantasette giorni fa.

3

Ricordo bene quella sera. Dopo aver bevuto un bicchiere di vino rosso, Giovanni si era seduto sul divano a sfogliare una rivista di design. Io ero in ritardo, un ritardo pazzesco.

Cercai di apparecchiare la tavola in pochi gesti, non mi piaceva l'idea che facesse tutto lui, così gli lasciai la cena pronta sul tavolo e gli spiegai forse dieci volte tutto quello che doveva fare, come sempre senza ricevere risposta, se non un cenno della testa e il suo solito: «Lo so, lo so, stiamo insieme da dieci anni e conviviamo da cinque, ormai sono in grado di riscaldarmi il mangiare».

Giovanni non era di una bellezza disarmante, anzi, da piccolo era proprio bruttino. Ogni volta che, a Natale, nonna Maria mi presentava la carrellata di tutte le sue foto buffe, io non potevo far altro che notare i ricci crespi, il mento a punta, quelle lentiggini appena nascoste dagli occhiali tondi, le piccole orecchie a sventola e il sorriso da ebete che mi aveva fatta innamorare.

Lo avevo conosciuto in una sera d'inverno. All'epoca era il ragazzo di Anna, una delle mie amiche. Quando me lo aveva presentato, ero rimasta imbambolata per qualche secondo a fissare i suoi occhi grandi, dello stesso colore del cielo in una giornata di sole, al punto che avevo perso il momento in cui aveva pronunciato il suo nome. Strano pensare che, con il tempo, quel colore acceso si sia sbiadito così tanto, nei miei pensieri, che a un certo punto l'ho smarrito e non mi sono più presa la briga di ritrovarlo.

Dopo qualche mese, Anna mi aveva chiamato disperata: il suo bel Giovanni l'aveva lasciata. Le avevo detto che ero molto dispiaciuta e che sicuramente la vita le stava riservando qualcosa di migliore, un amore con i fiocchi, qualcosa per cui valeva la pena aspettare. Lei aveva sorriso e, tra una lacrima e l'altra, aveva chiuso la conversazione dicendo: «Come farei senza di te?». Io, invece, avrei voluto confessarle che quel Giovanni, quel ragazzo alto e riccio, con gli occhiali tondi e le lentiggini sul naso, aveva un posto riservato nei miei pensieri, e che avrei fatto di tutto per rivederlo ancora.

Un po' di tempo dopo ci eravamo ritrovati davanti a un caffè, nella nostra Torino, con i passanti a fissarci per le troppe risate non trattenute. Era buffo, ma sapeva farmi ridere, e ogni volta che i suoi occhi toccavano il mio corpo sentivo una piccola scarica di piacere. Era una radiografia, mi guardava dalla testa ai piedi e mi diceva: «Anche stavolta sei bellissima». Non gli importava che non avessi trucco, che avessi i capelli raccolti, che indossassi una tuta e non un vestito firmato: a lui non importava niente di tutto ciò, a lui importavo io. E io avevo iniziato a raccontarmi.

Erano passati i giorni, i mesi, gli anni, le nostre promesse con il tempo erano diventate piccoli mattoncini di una calorosa casa in centro. Avevamo scelto i mobili con cura, era il nostro nido d'amore. Se ci penso sorrido perché, al primo impatto, Giovanni non era nient'altro che un ragazzo un po' sciocco, neppure così bello, e io non mi sarei mai aspettata di amarlo così tanto. Ho imparato a conoscere i suoi malumori, i suoi momenti grigi, i suoi lamenti, le sue paure e le sue paranoie, e ho capito che alla fine nella vita bisogna lasciarsi trovare, bisogna smussare gli spigoli e abbassare un po' quei muri. Nella vita tutto ciò che conta è trovare una persona che abbia voglia di camminare insieme a noi.

Eppure, alla fine, anni e anni di polvere sui nostri cuori hanno pesato, hanno lasciato spazio al silenzio. E pensare che tu i miei silenzi li capivi così bene, sapevi cosa dire e, soprattutto, sapevi dove posare le braccia ogni volta che i miei occhi tristi ti chiedevano di non dire una parola. Mi rimproveravi spesso perché mi capitava di portare a casa i problemi di lavoro, ma poi ogni volta mi ascoltavi davanti a un buon calice di vino, ascoltavi tutti i miei lamenti per poi alzarti, dandomi le spalle, e andare ad aprire la finestra per buttare tutto fuori. «Cambio aria» mi dicevi sorridendo. Mi ci vollero mesi per abituarmi a questo tuo atteggiamento, ma poi iniziai a capire che era un bene: un sorriso, poi un altro e un altro ancora, e in casa quella tristezza improvvisamente spariva, portata via dal vento.

Osservavi con cura ogni mio movimento, ti piaceva quando mi spostavo i capelli dal viso, quando sorridevo guardandoti dall'altra parte del tavolo, quando le bottiglie vuote sapevano d'amore e quando i letti sfatti nascondevano i nostri sorrisi migliori. Tu eri i miei occhi quando il mondo mi faceva paura. Mi raccontavi il mondo come lo vedevi tu, e io avrei voluto avere i tuoi occhi sempre.

Ma quella sera, novantasette giorni fa, non ho dato alcun peso agli occhi di Giovanni. Sono sgattaiolata in camera da letto e ho iniziato a prepararmi. Ho tirato fuori un tubino nero che non usavo da molto tempo e, scivolandoci dentro, gli ho chiesto di aiutarmi con la zip.

«Sei molto bella stasera.»

«Tu sai di vino e stanchezza.»

«Hai ragione, dovrei riposarmi… Mi dispiace non riuscire a venire con te, ma il lavoro… e poi lo sai che i tuoi colleghi non mi sono mai piaciuti.»

«Non importa… Anzi, sì che importa. Non possiamo continuare così, non siamo più una coppia.»

«...»

«Come sempre non sai cosa dire.»

«È il solito discorso, sono stufo di spiegarti cose che non capisci. Con te deve essere o tutto bianco o tutto nero, una via di mezzo non la conosci, non ti piace.»

«Non iniziare!»

«Mi dispiace, Camilla, ma adesso va così. Più tardi passo da Giorgio a ritirare il vaso che hai fatto riparare, altrimenti possiamo andarci insieme uno di questi giorni.»

«Fai come vuoi. Torno tardi, non aspettarmi.»

Giovanni non capiva, non capiva che a me mancavano i dettagli, quelli che mi avevano fatta innamorare. Non si rendeva conto che l'amore è come i fiori: bisogna prendersene cura sempre, altrimenti muore.

Recuperate le scarpe, ho infilato velocemente il cappotto. Quella discussione, seppur pacata, mi aveva scosso.

"Ogni volta la stessa storia, sono i miei colleghi, le mie amicizie, i miei impegni, il mio lavoro a non andargli bene... forse l'unico problema è che non gli vado più bene io, ma non trova il coraggio di dirmelo." In macchina ci ho pensato e ripensato. Non riuscivo a capire, non comprendevo questo suo modo di essere distante. Giovanni non era la persona che avevo conosciuto dieci anni prima, c'era qualcosa che non andava e non capivo perché non avesse voglia di parlarmene. Più che sulle sue parole, mi soffermavo sui suoi silenzi lunghi e impetuosi, quei silenzi che dentro di me buttavano tutto per aria.

Ero arrivata alla conclusione che il giorno dopo avremmo dovuto parlare, bisognava capire, chiarire e arrivare a una decisione: stare insieme e ricominciare o dirsi addio. Io avrei scelto la prima, ripetevo nella mia testa che non avrei mai permesso a nessuno di mettersi tra di noi, che avrei lottato per entrambi… ma lui? Lui avrebbe lottato? Improvvisamente, ho sentito il mio cuore cedere, la terra sotto i piedi che iniziava a mancare. Come avrei fatto? Come avrei superato un addio dopo dieci anni?

Avevo una paura folle di perderlo, ma in quel momento ho realizzato che forse sapevo già il finale della nostra storia.

Mi sono fermata al semaforo e, alzando gli occhi verso lo specchietto, mi sono accorta che mancava qualcosa: non avevo nemmeno finito di truccarmi. Ho gettato velocemente una mano nella borsa e mi è parso di vagare nel nulla, toccavo qualsiasi cosa inutile ma ciò di cui avevo davvero bisogno non c'era, non era a portata di mano. Come sempre. Mi sono ripromessa di comprare una borsa più piccola, ma cosa se ne fa una donna di una borsa piccola?

Poi il semaforo è diventato verde e sono dovuta ripartire subito. A Torino se parti con un secondo di ritardo si scatena l'inferno.

Dopo aver parcheggiato la macchina ho mandato un messaggio a Giovanni: "Dobbiamo parlare". Dopo qualche secondo ne ho inviato un altro: "Tra di noi qualcosa si sta rompendo". E, infine, subito un altro: "Mi manchi, ti amo!".

Ho aspettato la sua risposta mentre cercavo di aggiustarmi il trucco nello specchietto, tenendo sempre un occhio sull'orologio.

19.55... 19.58... 20.03.

Nessuna risposta.

Sistemandomi la frangia, ho sorriso allo specchietto come un'imbecille per assicurarmi di non avere qualcosa tra i denti.

In quel preciso istante ho sentito battere al finestrino e ho fatto un sobbalzo in preda al terrore. Era Francesco, un mio collega.

«Sono dieci minuti che sei ferma in macchina, hai intenzione di scendere?»

Ho tirato giù il finestrino, mentre sentivo le guance infuocarsi per l'imbarazzo.

«Ciao, Francesco... Sì, adesso scendo.»

«Dài che non c'è ancora nessuno, ci fumiamo una sigaretta nel mentre.»

Ho controllato il telefono un'ultima volta. Zero, nessuna risposta. L'ho buttato nella borsa e ho accantonato la paura di perdere Giovanni, almeno per un po'.

«Allora, Camilla, che si dice? Il lavoro come sta andando?»

«Molto bene, ho sentito che su da voi è arrivata una nuova! Com'è?»

«Antipatica. Pensa di avercela solo lei, un po' come te... dài che scherzo! Guarda, sono arrivati Flavio e Matilde. Andiamo?»

«Andiamo.»

4

La cena è finita tardi, quella sera. Per i miei sorrisi è stato un toccasana. Finalmente, dopo non so quanto tempo, ho sentito un po' di leggerezza trapassarmi il cuore. Stavo bene. Il pensiero di Giovanni mi aveva distratta per i primi dieci minuti, ma poi gli animi si erano accesi, avevamo chiacchierato delle nostre vite e, tra un brindisi e l'altro, avevamo festeggiato anche il compleanno di Flavio, che non aveva smesso di guardarmi per tutta la sera, con quei due occhi scuri e quel suo sorriso malizioso.

Flavio era un principe, un uomo che tutte le donne avrebbero voluto. Lui però non voleva nessuna, tant'è che in ufficio si vociferava da tempo che sotto sotto nascondesse un segreto. Durante la cena, senza pensarci due volte, Luigi gliel'ha chiesto: «Flavio, ma levaci una curiosità... non è che sei gay?».

Bum! Un fulmine a ciel sereno.

Flavio ha sorriso, mi ha sfiorato con gli occhi e ha risposto a gran voce: «Eh sì, mi avete scoperto!».

Io l'ho guardato sconcertata. «E tutte quelle notti passate insieme?» ho chiesto, a mo' di battuta.

Flavio ha spiegato che era stato sposato e che, dopo la fine di quel matrimonio, non gli interessava avere un amore tiepido. Voleva innamorarsi di nuovo, e provare qualcosa di forte. Presto la sua spiegazione si è trasformata in un discorso sull'accontentarsi, sulla paura di lasciare la vecchia strada per la nuova, e noi siamo rimasti ad ascoltarlo fino a quando il cameriere non ci ha fatto notare che forse si era fatta l'ora di spostare le nostre chiacchiere da un'altra parte.

L'orologio del mio cellulare segnava l'1.37 e no, non c'era nessun messaggio di Giovanni. Dopo la cena, siamo rimasti in cinque: io, Luigi, Flavio e Francesco.

Matilde, l'unica ragazza che ancora non era andata via, ci ha abbandonati quasi subito per tornarsene a casa.

Abbiamo deciso di fare una passeggiata in centro e prendere una birra al volo. Faceva freddo ed era tardi, ma non eravamo stanchi, avevamo voglia di sorridere.

Camminando tra un portico e l'altro, siamo arrivati in piazza Vittorio. C'era qualcosa di sconvolgente in quello che stavamo facendo, non capitava tutti i giorni di ritrovarsi alle due del mattino in una città così meravigliosa. Ci piaceva l'idea di sentirci vivi.

Poi, un passo dopo l'altro, quasi senza accorgercene siamo tornati alle macchine, mentre Flavio borbottava di avere ancora fame. Ci siamo guardati, consapevoli che una volta salutati saremmo tornati colleghi, semplici colleghi. Un pensiero comune che ci rendeva in qualche modo tristi.

«È ora di andare» ha detto Francesco. «Ci si vede in ufficio, allora...»

Luigi si è incamminato verso la macchina lasciandosi alle spalle le nostre facce malinconiche.

Flavio ha guardato l'ora, mi ha chiesto se avessi bisogno di un passaggio. Io gli ho fatto un cenno con la testa e gli ho indicato la mia auto.

Ci siamo salutati ancora una volta, poi ognuno per la sua strada, come sconosciuti o semplici conoscenti. Anche dopo tutti quegli anni, in fondo, eravamo solo nomi su un cartellino, segretari di noi stessi. Nessuno si ricordava di noi, nessuno si accorgeva di quello che ci mancava.

5

La luce rossa sul cruscotto segnava le 2.47. Ho preso in mano il telefono: cinque messaggi, ma nessuna chiamata.

"Dobbiamo parlare."

"Sai, stavo pensando che forse..."

"Boh, in realtà non so nemmeno cosa dirti."

"Stasera non torno a casa."

L'ultimo non volevo leggerlo. Non volevo sapere quanto male mi avrebbe fatto.

Ho cercato di arrivare a casa il più velocemente possibile: avevo bisogno di parlare, di chiarire, ma soprattutto di capire.

Davanti alla porta, ho iniziato a cercare le chiavi in quella borsa che non ti è mai piaciuta e ho iniziato a pensare che la litigata di qualche ora prima stava andando troppo per le lunghe. Dovevi smetterla, per una volta dovevi fare l'uomo, dovevi prenderti le tue responsabilità. Era inutile continuare a lottare, continuare a sperare di poter cambiare le cose quando in realtà cambiavamo solo noi. Io lo sentivo, che non c'era più niente. Lo sentivo, che non eravamo più una cosa sola. Ognuno andava per la sua strada, e quella strada non era più la mia.

Ero stanca, infastidita, arrabbiata. Ho cercato il coraggio di leggere il quinto messaggio, ma non l'ho trovato. Volevo che Giovanni rimanesse tra le nuvole, nel mondo delle idee, ancora per un po'. Non ero pronta a lasciare che le sue ultime parole mi infliggessero il colpo di grazia.

In casa c'era un silenzio disarmante. Ho tolto il cappotto e l'ho appoggiato sulla sedia in cucina, mentre l'aria piano piano iniziava a mancarmi. Ho aperto la finestra, sono uscita sul balcone e ho guardato le poche luci accese dei palazzi di fronte.

Poi sono tornata dentro, ho preso il telefono e ho letto l'ultimo messaggio: "Stavo pensando che stasera non torno e che non torno neanche domani. Forse è giusto prendersi del tempo. Stammi bene".

Ho fissato lo schermo per circa venti secondi, cercando di trattenere il fiato e anche le lacrime. Sapevo che da lì a poco qualcosa dentro di me si sarebbe rotto.

Ho posato il cellulare sul bancone della cucina. Non potevo crederci. Non riuscivo a immaginare che Giovanni, l'uomo con cui avevo passato dieci (dieci!) anni, potesse mollarmi in quel modo, per messaggio, alle tre di notte.

Ho provato a chiamarlo, ma il telefono risultava spento. Ho cercato delle parole da dire, ma quando aprivo la bocca non usciva niente. Giovanni si era portato via tutto, si era portato via anche la mia voce.

Sono rimasta così per qualche ora, ho guardato il sole sorgere con una tazzina di caffè tra le mani. La città cominciava ad animarsi, ma io continuavo a sentirmi vuota, continuavo a sentirmi persa. Erano passate dodici ore, ma di Giovanni non c'era traccia. Il suo telefono era ancora spento e io avvertivo la paura avanzare, farsi strada dentro di me. Ho sempre pensato che aver paura di perdere chi amiamo fosse una cosa normale e inevitabile, ma questa volta era diverso. Era come se fosse già tutto finito, come se la nostra battaglia fosse terminata ancora prima di nascere. Avevo paura, ma una paura che sapeva di fine.

Le ore continuavano a passare e io non riuscivo a liberarmi dell'illusione che da lì a poco Giovanni sarebbe comparso dietro la porta, che avrei rivisto i suoi occhi.

Sono rimasta ferma sul divano fino alle dieci sera. Ho provato a chiamarlo ripetutamente e il suo telefono, da non raggiungibile, è passato a squillare senza sosta e senza risposta. Ogni silenzio tra uno squillo e l'altro durava un'eternità, ogni volta vedevo passarmi davanti i nostri ricordi migliori e lasciavo spazio alle lacrime, alle mani in faccia per asciugarle velocemente.

Intanto i messaggi degli amici e dei colleghi aumentavano, le chiamate di Anna prendevano polvere, era come una pila di scartoffie a cui metter mano, poco alla volta le vedevo aumentare ma non volevo sentire nessuno, non volevo parlare con nessuno. Volevo stare con me stessa, volevo sperare ancora una volta che tutto si risolvesse prendendo una piega dolce, dolce come il sorriso di Giovanni.

Alle undici di sera, stanca ed emotivamente distrutta, ho provato a chiamarlo un'ultima volta.

Il telefono ha fatto tre squilli, poi: «Pronto».

"Come pronto? Dopo tutte queste ore, tu mi dici solo un cazzo di pronto?" L'ho pensato, ma sono rimasta in silenzio.

Giovanni ha sospirato. «Camilla...»

«Camilla cosa? Camilla niente! Ti sembra il modo?!»

Le persone insicure attaccano sempre per prime, e io in quel momento sentivo la terra sgretolarsi sotto ai piedi.

«Era l'unico modo, l'unico modo per mettere un punto al nostro rapporto» ha risposto lui, senza scomporsi. «Camilla, sono mesi che non parliamo, che facciamo sesso pensando di poter sistemare i nostri problemi.»

«Lo so, ma questa non può essere l'unica soluzione possibile...»

«Invece sì, è l'unica. Io non ti amo più, Camilla.»

Improvvisamente, il gelo. Sono rimasta ferma, con lo sguardo perso nel vuoto. Tutto si è fermato. «Mi dispiace» ha detto.

«Non mi sembra vero, non voglio crederci. Vorrei che fosse solo un sogno.»

«Camilla… ora devo andare. Domani vengo a prendere le mie cose.»

Ho pensato a tutti i momenti belli, ho cercato fra i ricordi qualcosa da dire, qualcosa che potesse fargli cambiare idea, ma sapevo che davanti alle sue parole niente avrebbe alleggerito il carico.

«Va bene» ho risposto.

«Ciao.»

«Ciao, Giovanni.»

Novantasette giorni fa ho posato il telefono e sono scoppiata in un pianto fortissimo. Non era questo che volevo per noi. Non è mai questo che vuoi per una storia d'amore. Tiri la corda sperando che non si spezzi mai, ma se non affronti le cose, se scopi per mettere a tacere i problemi, finisce sempre così. Finisce che ti rimane solo una mossa: quella di dirsi addio per sempre.

Giovanni, in questo gioco, era stato complice quanto me. Ma il suo bisogno d'amore andava oltre la mia voglia di litigare, la mia voglia di metter sempre tutto in discussione. Lui non era come me, non è mai stato come me. Lui mi accontentava in tutto, lasciava parlare i miei pensieri, mi faceva sfogare e poi restava in silenzio, apriva le finestre per cacciare le cose negative, mi faceva sorridere anche se a volte non lo capivo.

Giovanni è sempre stato il mio opposto. Così razionale, così calmo, così dolce da far invidia al mondo.

Io ero quella che cercava la discussione, che metteva su teatrini pur di sentire quel brivido lungo la schiena. Ero quella che lo portava all'esasperazione, che gli faceva perdere la pazienza. Sono sempre stata io quella che innescava il fuoco, anche se sapevo che l'amore non è mica questo.

L'amore è tanto altro, e io quella sera l'ho perso.

6

Per i due giorni successivi non ho detto una parola. Ho preso una settimana di ferie, la classica scusa dei problemi famigliari. Il problema, in realtà, era che non riuscivo a capacitarmi di tutto questo. "Problemi di incredulità" avrei dovuto dire. "Problemi di quando l'amore della tua vita ti lascia col cuore a pezzi, con un messaggio, alle tre di notte, una di quelle notti in cui vorresti tornare a casa e sprofondare tra le braccia di chi ami."

Di Giovanni mi mancava tutto. Mi mancavano i suoi occhi, il suo chinarsi per togliere le scarpe, lo scricchiolio del parquet sotto i suoi piedi, quel mezzo sorriso da ebete, quella chioma riccia che teneva al riparo i pensieri. Mi mancava la sua voce quando mi chiedeva se avevo voglia di un bicchiere di vino, mi mancavano i suoi occhiali posati ovunque e richiusi male, i suoi libri sparsi in ogni angolo della casa. Mi mancavano le pile di panni sporchi che non riusciva mai a dividere, mi mancavano le sue dimenticanze e l'odore del caffè la mattina presto.

Dentro avevo un'altra me, fatta di lacrime, che cercava in tutti i modi di liberarsi. Il mio cuore aveva trovato riparo tra le mani di Giovanni, ma Giovanni era andato via.

"Non è così che si chiudono le storie d'amore" volevo urlare. "Non è così che funziona, non puoi buttar via tutto il tempo passato insieme con un messaggino."

No, non funziona così. Avrei preferito parlarne a voce, avrei preferito guardarlo negli occhi mentre mi diceva che non mi amava più, e invece non ho avuto questo privilegio. Certo, conoscevo bene la nostra situazione. Sapevo che la nostra relazione era fatta di monotonia, perché è questo che succede quando non ci si guarda più negli occhi, quando si dorme ai lati opposti del letto, quando non ci si aspetta neanche per il caffè, quando le mani non si sfiorano più.

Io e Giovanni eravamo arrivati al capolinea, ma io non volevo ammetterlo. O meglio: non ero pronta per ricominciare tutto da capo. Lui era il mio posto sicuro. Era tra le sue braccia che mi nascondevo quando c'era qualcosa che non andava. Giovanni sapeva di primavera e di tutte le cose belle che facevano parte di me.

Adesso ero sola e mi sentivo vuota, senza una via d'uscita.

Il giorno che è tornato a prendersi le sue cose, Giovanni mi ha mandato un messaggio per chiedermi se poteva salire e io gli ho risposto di sì.

Speravo finalmente di parlare con lui, ma mi sbagliavo. È rimasto un paio d'ore, lui ha detto poco e niente e io non ho trovato il coraggio di chiedere. L'ho fissato mentre con una strana velocità metteva via le sue cose, mentre riempiva una pila di scatoloni troppo fragili per reggere anni di vita insieme. Me ne sono stata lì, intrappolata nel rumore del nastro adesivo e nella polvere dei libri vecchi, quelli che non leggi mai ma che comunque non vuoi perdere. Tra di noi era un po' così: erano mesi che non riuscivamo a leggerci, ma l'idea di perderlo mi rendeva triste.

Quanto avremmo potuto salvare, se solo avessimo parlato di più? Se al posto di lasciar perdere avessimo scelto di affrontarci? Me lo sono chiesta tante volte, in questi novantasette giorni. Io e Giovanni ci siamo fatti scivolare addosso cose che avremmo dovuto concludere fino a quando, dopo mesi, a finire siamo stati noi. Siamo finiti per colpa delle cose non dette, siamo finiti per tutti i silenzi, per tutte le incomprensioni, per le liti che non trovavano mai una tregua. Io e Giovanni facevamo parte di quella categoria di persone che si amano ma non sanno dirselo. A un certo punto, con il passare degli anni, abbiamo anche smesso di dimostrarcelo.

Per un mese ho cercato di sistemare i pensieri prima che diventassero macigni. Ho provato a capire, ho provato a capirmi, ma le risposte che trovavo non erano altro che luoghi comuni. Presto, i luoghi comuni hanno iniziato a starmi stretti e le persone cordiali hanno iniziato a diventare dei rumori lontani.

Lo specchio della camera da letto rifletteva un'immagine di me che si stava spegnendo. Il colore rosso dei miei capelli lunghi a tratti sembrava sciogliersi in qualche sfumatura bionda. Quella riflessa non ero io, ma in fondo non potevo farci niente. Continuavo a dire a me stessa che alla fine era giusto così, che un po' me lo meritavo.

L'amore fa strane cose, fa sentire vivi, ma quando finisce fa male, rende fragili, indipendentemente da chi lascia chi.

Un amore, quando finisce, ha il potere di cambiarci per sempre.

7

Quando smetti di vedere qualcuno, improvvisamente, anche i dettagli iniziano a perdere i contorni. Anche per me è andata così: ogni volta che qualcuno pronunciava il nome di Giovanni e il mio cuore si catapultava verso i suoi occhi, mi rendevo conto che quei due occhi che non volevo perdere stavano iniziando a sfumare. Di Giovanni ricordavo tutto, ma i suoi occhi stavano scivolando via. E questo mi faceva paura, questo mi faceva sentire impotente.

Quando l'amore finisce, non puoi far altro che accettarlo. Quando sei consapevole che è stata la scelta giusta, puoi anche provare a raccontare a te stessa un finale migliore, puoi sognare il lieto fine, ma nella realtà il lieto fine ha fallito.

Quando l'amore finisce, tu stessa ti senti sbagliata. Per il tuo cuore e per gli occhi della gente, sei tu l'unica ad aver sbagliato, e il senso di colpa non smetterà di accompagnarti. Ogni volta che ricorderai questo amore, ricorderai anche l'amaro che ti ha lasciato.

Perdere l'amore dalla sera alla mattina è qualcosa che non si può spiegare. È come se improvvisamente tutto diventasse nero, è come se ogni attimo di felicità lasciasse spazio alla tristezza. Ti senti circondato da persone di cui non te ne frega niente, un mare di parole inutili che, già lo sai, non colmeranno il tuo dolore. Tutto quel chiacchiericcio, "è stata la cosa giusta", quei commenti che in realtà non vorresti sentire. A volte si ha solo bisogno di un abbraccio, di un lunghissimo abbraccio in cui poter piangere, in cui poter crollare senza sentirsi in colpa per aver perso il controllo.

Con Giovanni non ho più parlato, dopo quella sera tra noi non c'era più niente da dire. Alcuni amici mi hanno detto che ha cambiato lavoro e città. Altri hanno aggiunto che sta bene, che è di nuovo innamorato e che vuole sposarsi. Cerco di non pensarci, ma ogni volta è una pugnalata.

Sono passate settimane e io ancora non riesco ad andare avanti, non riesco a capire come un amore tanto grande possa finire in così poco tempo e con un semplice "arrivederci". La Camilla di una volta è scomparsa piano piano, l'ho lasciata andare. Mi guardo allo specchio e sento di non appartenermi. Da quando le sue dita hanno smesso di unire i nei sulla mia schiena, qualcosa dentro di me è cambiato per sempre. La mia schiena non sa più di lui, e io non mi sento a casa da nessuna parte.

Su tutto, c'è una paura folle di ricominciare da capo. Quando una storia smette di esistere uno dei due resta sempre indietro, e nel nostro caso quell'uno sono io. Io che ho paura di non farcela, di non essere capace di rimettermi in gioco, io che sto sperimentando tutto quello che l'amore finito ti lascia addosso.

Sento il peso della solitudine entrarmi nelle ossa. Non me ne frega niente delle persone che prima vedevo ogni giorno, non me ne frega niente dei colleghi, del lavoro, delle mille scartoffie che ogni giorno devo analizzare. Alla fine della giornata, il mio pensiero va a lui e lui non c'è più. Alla fine dei conti, la sera, mi ritrovo sola con me stessa. Ed è questa la solitudine di cui ho sempre avuto paura.

8

Ci sono giorni in cui mi convinco di essere diventata come mia madre. Lei che l'amore l'ha chiuso fuori dalla porta, lei che non ne vuole sapere niente del romanticismo, lei che si è dedicata anima e corpo al lavoro, a me e alla casa. Lei che dall'amore della sua vita è stata tradita, umiliata e abbandonata, costretta a crescere da sola una bambina di tre anni. A Natale di due anni fa le ho regalato una crociera Smartbox, «magari è la volta buona che incontri qualcuno» le ho detto. Lei ha riposto il cofanetto nel cassetto più intimo della cassettiera, ha ringraziato per il pensiero e ha sorriso con gli occhi bassi. Parlare d'amore con lei è sempre stato un po' come parlare di calcio con un appassionato di golf. Non si tratta di odio o di tristezza: lei all'amore è completamente indifferente. Quando la mia storia con Giovanni è giunta al termine, lei si è limitata a dire che tutto finisce e ricomincia, che non bisogna credere al "per sempre", che se ci stiamo troppo male è perché abbiamo riposto troppa speranza nel luogo sbagliato.

Sento un brivido percorrermi la schiena. No, non voglio diventare come mia madre. Non voglio arrivare a cinquant'anni senza amore. Non voglio chiudere il mio cuore, perché so di non meritarmelo. Voglio ricominciare ad amare più forte di prima, perché è vero: ogni fine dà spazio a un nuovo inizio e forse è giunto il momento di riprendere in mano la mia vita, le mie passioni, di riaprire il cuore a nuovi sorrisi.

Con questa convinzione, cerco di pensare più a me stessa che ad altro. Cerco di mettere al primo posto i miei bisogni, anche se so che Giovanni è proprio dietro l'angolo: mi bastava girarmi distrattamente, un secondo soltanto, per ricadere in quel vortice di emozioni negative e lasciare spazio alla malinconia, ai pensieri e alle lacrime.

Cerco di mettere Camilla davanti a tutto, e sì, anche davanti a tutti. Non mi interessava se agli occhi delle persone risulto arrogante, perché io so quello che ho sofferto, io so quello che il dolore mi ha fatto e adesso voglio ritrovarmi, voglio rinascere dalle mie stesse ceneri. Voglio spaccare il mondo.

Sono una donna, posso tutto.

9

Non lo nego, è difficile. È strano ricominciare tutto da capo in completa solitudine, se sei abituata a condividere ogni cosa. Cerco di rimettere insieme i mattoncini sparsi del mio cuore, un po' come si fa con le tessere di un puzzle, e mi ci vuole parecchia fatica per ricordarmi di sorridere. Eppure so di meritarmelo, so che questa fase della mia vita, questo dolore, in un modo o nell'altro mi tornerà utile.

Ho cominciato a guardare lo specchio di casa in maniera diversa. Mi piacciono i miei capelli sbiaditi, le lentiggini fuori posto. Mi piacciono le fossette ai lati della bocca e quelle ciglia lunghissime. Mi piacciono le mie dolci occhiaie e le piccole rughe sulla fronte che sanno di baci nascosti, silenziosi, da tenere al sicuro. Mi piace l'idea che l'amore si nasconda proprio lì, in quello spazio che per toccarlo bisogna essere intimi, amanti, o semplicemente felici. Baciare la fronte di qualcuno è un atto così privato che supera i baci sulle labbra, è un po' come dire: "Mi prendo cura di te". E non esiste dichiarazione più bella.

Cerco di lasciarlo fuori da tutto, ma non smetto di pensarlo. Troppe cose mi riportano a lui, i luoghi che frequentavamo insieme sanno ancora dei suoi sorrisi e questo, ogni volta, mi fa male al cuore.

Le persone non si dimenticano, si impara solo a convivere con la loro assenza.

Non posso dimenticare Giovanni, ma posso imparare a camminare da sola, a lasciare indietro tutto quello che non riesco a portare con me. Posso imparare a mollare la presa.

Niente è più difficile da accettare, dopo dieci anni di vita insieme, delle parole "Non ti amo più". A quelle parole puoi restare attaccata per tanto tempo, chiedendoti perché senza mai arrivare a una risposta, perché in realtà una risposta non c'è: a volte le persone smettono di amare senza un vero e proprio motivo, e non è colpa di nessuno. Non è vero che se si smette di amare non si è mai amato veramente, semplicemente si smette, il cuore non batte più come prima. No, gli amori non durano tutta la vita, ed è inutile prendersi in giro. Questo non significa che si debba partire prevenuti, anzi: bisogna avere il coraggio di vivere appieno ogni singola storia d'amore, nonostante le delusioni passate e quelle che probabilmente collezioneremo in futuro.

Alla fine, dopo Giovanni, ho smesso di pensare al per sempre e ho iniziato a pensare a quello che stavo vivendo in quel momento. Ho cercato di spolverare le passioni che con la convivenza avevo messo da parte. Ho iniziato a guardare la vita in maniera diversa, a pensare che forse la felicità era davvero fatta di piccole cose quotidiane.

Ho cambiato casa, rimanendo però sempre nello stesso quartiere. Ho preso un alloggio più spazioso, con delle finestre grandi e un terrazzo per le mie piante. Ho adottato anche un cane, Frida, e il suo arrivo è stato pazzesco.

La mia collega Matilde aveva trovato una cagnolina in mezzo alla strada. «È bella, dovreste vederla!» ci ha detto il giorno dopo in ufficio, mostrandoci una foto. «Solo che non la posso tenere.» L'intera galleria del suo cellulare era ormai invasa da quel musino dolce. «Se nessuno chiama per adottarla, dovrò portarla in un canile» ha aggiunto poi, lo sguardo perso verso il pavimento. Si vedeva che stava soffrendo, che nonostante le poche ore trascorse insieme si era affezionata a quel cane.

Io non ci pensavo proprio, ma mi sono offerta di fare un annuncio su Internet.

«Ti va di passare a fare colazione da me, domani?» mi ha chiesto lei. «Così vedi la cagnolina con i tuoi occhi e magari ti viene più facile l'annuncio.»

Matilde ha una bella casa su due piani, vive da sola ma nel weekend ospita spesso il suo fidanzato, che lavora in Toscana. Stanno bene, loro: niente litigi serali, niente orari da rispettare.

Da casa mia, con la metropolitana e qualche minuto a piedi ci si mette poco. Prima ho fatto una sosta nel bar di sotto. Anna mi ha guardata sorridendo.

«Ciao, Camilla!»

«Ehi, Anna, come stai oggi?»

«Tutto bene, e tu, invece? È strano vederti qui a quest'ora.»

«Devo passare da un'amica stamattina.»

«Capisco. Ti faccio il solito, tesoro?»

«Sì, grazie.»

Dopo il mio caffè ristretto e amaro, il primo della giornata, irrinunciabile, ho deciso di non prendere la metropolitana. Non ci avrei messo più di mezz'ora e mi andava di camminare un po'. Sentivo il bisogno di sistemare i pensieri, di capire cosa fosse giusto e cosa no, magari sedermi per fumare una sigaretta.

"Passo a prendere qualcosa di dolce, che ne dici?" ho scritto a Matilde.

"Ottimo!" ha risposto lei.

Sono arrivata da lei con dei pasticcini, due brioche e una torta. Non ho fatto nemmeno in tempo a entrare che quel batuffolo peloso mi è saltato sulle gambe e ha iniziato a scodinzolare come un matto.

«Ferma!» l'ha rimproverata Matilde.

«Ma no, lasciala stare» le ho detto. «Si è già ambientata, eh?»

«Sì, le piace qui… ma non può restare a lungo.»

«Dài, facciamo colazione e poi guardiamo per l'annuncio.»

Pochi minuti, ero sul divano con la cagnolina in braccio, che cercava in tutti i modi di leccarmi la faccia.

«Cami, ma questo è amore!» ha esclamato Matilde.

«No, non ci pensare neanche lontanamente.»

Dalla sua espressione, ho capito che stava per tirar fuori una delle sue perle: «Posso dirti una cosa? Ma non rimanerci male».

«Dimmi, Mati.»

«Ora che sei da sola… Dicono che la compagnia di un cane può essere terapeutica. Perché non la prendi con te?»

«Potrei farti la stessa domanda.»

«Io non avrei neanche il tempo di guardarla, lo sai quante cose faccio, tra il lavoro, i miei genitori, il volontariato… resterebbe sola a casa tutto il giorno, e poi ci starei male.»

Ok, dovevo ammetterlo. A pensarci bene, molto bene, non era poi una brutta idea.

«Dài, Camilla, con te sono sicura che starà bene. E che starai bene anche tu.»

«Ma ho appena cambiato casa, ho ancora tutto sottosopra… come faccio? E poi ho paura di non essere in grado di prendermi cura di lei.»

«Se vuoi io posso tenerla ancora qualche giorno, così tu riesci a sistemare il più grosso.»

Sono rimasta in silenzio, mentre quella palla di pelo dormiva beata sulle mie gambe. Forse aveva ragione Matilde, forse si trattava di amore a prima vista, un colpo di fulmine come quello tra me e Giovanni. Almeno, il cane non mi avrebbe lasciata dicendomi che non mi amava più.

«Non lo so Mati... Ma l'hai già portata da un veterinario?»

«Certo, giusto ieri. Sta benissimo, le ha fatto un bel controllo. Bisogna solo metterle il microchip.»

«Che taglia è 'sto cane?»

«Ehm, ecco... questo è l'unico problemino. Ora è piccola, ma diventerà un cane di circa trenta chili, taglia medio-grande...»

«Sticazzi!»

Ci siamo guardate e siamo scoppiate a ridere.

«Allora? Che ne pensi?» mi ha chiesto poi Matilde, con gli occhi pieni di speranza.

«No, non posso Mati! Dove la metto? Mi occupa un'intera stanza!»

«Ok, non insisto... Per ora resta qui. Devo comunque trovarle un nome, non posso continuare a chiamarla "il cane".»

«Che ne dici di Frida?»

«Oh sì, Frida mi piace tantissimo!»

«Tanto è solo una cosa temporanea, il nuovo padrone potrà cambiarglielo, se vorrà.»

Abbiamo cominciato a farle le foto da inserire nell'annuncio. Frida era bella ed era molto elegante, quando si sdraiava incrociava le zampe una sopra all'altra e vederglielo fare mi faceva sorridere. Era un batuffolino così tranquillo.... Forse potevo portarmela a casa lo stesso? Avrei trovato un modo di farla entrare in casa, dove c'è posto per uno c'è posto anche per due...

Ho iniziato a scrivere le prime righe dell'annuncio, ma non ce l'ho fatta. Ho guardato Matilde e ho esclamato: «La prendo io!».

Non sopportavo l'idea che qualcun altro potesse prendersi cura di lei. Il pensiero che potesse finire in mani sconosciute e che qualcuno potesse farle male mi terrorizzava.

Matilde mi ha abbracciato forte.

«Sapevo che non saresti riuscita a dire di no.»

E così mi sono portata Frida in una casa che era tutta nuova anche per me. Mi piace l'idea di ricominciare da capo e di farlo con lei accanto. È una bella sfida, ma insieme sento che faremo grandi cose. Frida si è appropriata subito di una parte del divano, e io ho rinunciato volentieri a una metà.

Ci abbiamo messo poco, ad abituarci l'una all'altra, insieme abbiamo dato forma a questa piccola dimora con le finestre grandi e i tappeti sparsi un po' ovunque.

In questo momento, noi due è tutto ciò di cui ho bisogno.

10

Ora che c'è Frida, le giornate in ufficio passano più in fretta. Sento spesso il bisogno di tornare a casa per passare con lei il poco tempo libero, l'idea di portarla a giocare da qualche parte mi riempie il cuore. A volte mi soffermo sul suo passato, mi chiedo cosa possa aver subito da chi a un certo punto, in un pomeriggio qualsiasi, ha deciso di abbandonarla. Ogni volta mi sento un po' più vicina a lei e al suo cuore: anche io sono stata abbandonata. Prima da mio padre, poi da Giovanni.

Su mio padre ho sempre fatto poche domande. Non mi piace chiedere troppo, e non mi piace l'idea di riaprire la ferita di mia madre. Le ho sempre detto che andava bene così, che eravamo donne e che avremmo superato ogni difficoltà insieme. Però so che faccia ha mio padre, mi è capitato spesso di vederlo in giro per la città: a differenza di Giovanni, lui non è andato via, è rimasto qui. A un passo da noi, ma comunque lontano da tutto.

Quando lo incontro, non cerco mai il suo sguardo. Più che altro, mi capita di osservare la sua schiena che si allontana, e di seguire la sua sagoma fino a quando di lui non c'è più niente. Lui sa, e anche io so. Sappiamo che tra noi c'è troppo da recuperare, e sappiamo che nessuno di noi due è disposto a condividere la propria vita con l'altro.

Resteremo per sempre due sconosciuti.

Con il passare delle settimane, complici l'arrivo di Frida e la mia nuova solitudine, Matilde è diventata la persona a me più vicina. Soprattutto quando anche lei si è ritrovata sola all'improvviso, dopo la rottura con il suo fidanzato.

«Io e Marco ci siamo lasciati!» mi ha rivelato un giorno in ufficio, e io quasi ho sputato il caffè sentendole pronunciare quelle parole con un tono così pacato.

«COSA?»

«Sì, l'ho lasciato io. Tra di noi non funzionava più.»

L'ho guardata mentre alzava le spalle in segno di rassegnazione.

«Mi dispiace...»

«Be', non disperarti, anche le cose belle finiscono.» Una frase che mi ha fatto pensare a mia madre. «Ah, Camilla, dimenticavo...» ha aggiunto poi Matilde. «Hai programmi per stasera?»

«Certo che no.»

«Cena da te? Porto tutto io!»

«Ottimo!»

In quel preciso istante, mi sono resa conto di quanto io e Matilde fossimo diverse. Lei era stata in grado di chiudere una storia, e il sorriso con cui ne era uscita era davvero invidiabile.

11

“Sei ancora su?” scrivo a Matilde, poco prima di uscire dall’ufficio.

“Finisco tra dieci minuti, mi aspetti?”

“Ci penso…”

“Ottimo, caffè?”

“Mi hai conquistata! Ti aspetto all’ingresso.”

“;)”

Come sempre, quando la vedo arrivare non posso non notare il suo sorriso meraviglioso. Mentre ci avviamo alla caffetteria, mi parla di tutte le scartoffie che Andrea le ha lasciato in ufficio.

«Ma questo proprio adesso doveva sposarsi?» domanda, esasperata.

La guardo e scoppio a ridere.

«Cosa ridi, Camilla? Io proprio non capisco: sposarsi è già uno schifo, se poi per farlo lasci pure i colleghi in difficoltà…»

«Ma dài, non è mica vero che è uno schifo, dipende dai punti di vista...»

«Cami, devo confessarti una cosa. Ma ho prima bisogno di un caffè doppio e di una dose di zucchero.»

Arriviamo alla caffetteria e ci sediamo vicino alla grande vetrata che dà sulla strada: è il mio punto preferito, mi piace osservare le persone e ammirarne la bellezza, i sorrisi, le movenze senza farmi notare. In pausa pranzo mi capita spesso di sedermi qui e annotare i miei pensieri su una Moleskine piena di scarabocchi. Scrivo e cancello, cancello e ricomincio a scrivere storie che forse, un giorno, riuscirò a vivere davvero. Resto minuti interi a fissare la strada, guardo gli abbinamenti dei colori dei vestiti, guardo i bambini con gli zaini pesanti e le mani piene d'amore, tese verso chi tiene stretti i loro sogni. Guardo gli anziani con la schiena un po' curva e il passo lento ma sicuro. Guardo i ragazzini schizzare via su uno skateboard colorato a mano, dipinto con amore, quell'amore che si prova quando si tiene troppo a qualcosa. Guado le signore tutte d'un pezzo camminare su tacchi che se li mettessi io probabilmente volerei senza nemmeno fare un passo. Guardo gli innamorati abbracciati, con le mani tra le mani o le bocche piene gli uni degli altri.

«Certo che ne sai di posti belli, tu.»

«Trovo che sia un posto molto intimo, puoi osservare tutto senza farti vedere. Niente di più bello, non ti pare?»

«Non saprei. E se un giorno qualcuno dovesse farlo con noi? Se ci penso mi viene l'ansia.»

«Non capisci la bellezza dei dettagli.»

Aspettiamo il caffè e continuiamo a parlare del più e del meno. Mi fa notare che negli ultimi tempi sono molto cambiata.

«La relazione con Giovanni mi ha buttata completamente a terra» le dico, e lei mi guarda con un'espressione strana.

«Non dirmi che non lo sapevi, Cami. Era palese che prima o poi sarebbe successo.»

«Possiamo cambiare argomento, per favore?»

Non mi piace parlare di Giovanni, e non mi piace nemmeno ammettere a me stessa che era così che doveva andare. Sono passati mesi, eppure mi sembra ancora una cosa troppo difficile da accettare.

«Camilla, se vuoi avermi come amica devi saper accettare un parere diverso dal tuo. Altrimenti ti dico che hai ragione solo per farti contenta e lo sai che questa falsità non mi appartiene.»

Matilde è una che non si fa problemi a dirti le cose. Belle o brutte che siano, lei te le sputa in faccia senza nemmeno contare fino a dieci. Credo sia questo tratto del suo carattere ad averle permesso di chiudere la sua storia con Marco in maniera razionale e obiettiva.

Per lei è normale che le cose finiscano. Ma come può essere normale chiudere una storia d'amore? Per me è normale lo zucchero nel caffè, o il sale nell'acqua della pasta. Questo è normale, non chiudere una storia.

«D'accordo» mi limito a dirle, non sapendo cos'altro rispondere.

«Bene» mi dice, «adesso che siamo tranquille ti racconto.»

Annuisco, accavallo le gambe e resto ad ascoltare in silenzio, con gli occhi curiosi e l'espressione un po' dispiaciuta.

«Marco mi ha tradita.»

"Cavolo" penso, "tutto qua?"

«Come ti ha tradita? E tu come lo sai?»

«Era un po' che la cosa andava avanti. Era sempre più assente, mi diceva che il lavoro era aumentato, non veniva a trovarmi da settimane. Qualcosa stava andando nel verso sbagliato. E tu lo sai, Cami, non sono il tipo di persona che si fa prendere per il culo facilmente.»

«Ma come l'hai scoperto?»

«Ti ricordi un mese fa, quando ho preso qualche giorno di ferie?»

«Certo che mi ricordo. Un weekend al mare, se non sbaglio...»

«Ok, niente mare.» Mi guarda dritto negli occhi. «Sono andata da lui senza dirglielo.»

«Cazzo, Matilde!»

Improvvisamente, il suo telefono inizia a vibrare. Matilde posa la tazzina del caffè e si allontana rapida con il cellulare in mano.

Resto a guardare la sua schiena che si allontana. C'è qualcosa di intimo nei suoi movimenti, qualcosa che mi fa salire un brivido lungo la schiena. Matilde è bella, bella come le poche cose che so apprezzare. Sa di primavera, e io osservandola mi lascio inebriare dal suo profumo di fiori.

D'un tratto torna indietro, la fronte corrugata davanti a un messaggio che deve esserle appena arrivato.

«Cami, devo scappare, ho avuto un contrattempo. Ceniamo insieme?»

«Certo. Ci vediamo alle otto da me?»

Prende la borsa e la giacca in una mano, mentre nell'altra tiene stretto il telefono.

«Va benissimo. Ti va se ordiniamo del sushi?»

Le faccio un cenno di approvazione con la testa e le sorrido. Dopo che è andata via, rimango ancora un po' affacciata alla vetrina del locale e tiro fuori la mia Moleskine, che negli ultimi tempi ho un po' trascurato. Mi passo la penna fra le dita della mano destra, mentre con la sinistra accarezzo i pensieri nascosti sotto ai capelli.

Voglio rinascere, voglio raccontare storie da condividere con altre persone, voglio prendere quelle persone e farci poesie, un po' come quando passeggi per strada e qualcuno ti fa un ritratto, uno schizzo: ecco, è quello che vorrei fare io, ma con le parole. Voglio che qualcuno si sieda accanto a me e mi racconti qualcosa di personale: così potrei impegnarmi per tirar fuori parole buone, parole giuste per accarezzarci un po' nei momenti di sconforto.

Provo a scrivere d'amore, ma cancello ripetutamente le poche righe che mi escono e sul foglio rimane soltanto uno spazio vuoto.

"Tornerò, perché un amore finito non può farci smettere di amare ancora."

Lascio che queste parole invadano i miei pensieri, mi concentro ripetutamente sul senso di quello che sono riuscita a scrivere. "Sì, è vero" penso, "non possiamo permettere a un amore finito di non farci amare mai più." Eppure, l'idea di ricominciare tutto da capo con una nuova persona mi terrorizza, non sono pronta, non sono assolutamente pronta a ricondividere tutto con qualcuno che non sia Giovanni.

Lascio ai pensieri il suono dolce delle risate e dell'amore appena sbocciato. Lascio che i ricordi più belli prendano forma dentro la mia testa. Mi ricordo delle lunghe passeggiate al mare, delle notti passate a guardare le stelle, dei compleanni e della magia di un calice di vino ogni sera. Penso ai viaggi, quelli corti di un weekend e quelli lunghi settimane, che sapevano di felicità. Penso alle prime discussioni, futili, che ci rendevano silenziosi per ore intere, finché il rumore dell'amore non ci suggeriva come rimettere tutto a posto. Penso alle storie, ai sogni, ai progetti e mi sento cadere, mi sento precipitare a capofitto in un vortice di malinconia e paura. Rimango così, fissa a guardare il vuoto con le mani tremanti e il cuore infreddolito.

Improvvisamente lo schiamazzare di un gruppo di ragazzi mi fa tornare in me. Mi guardo attorno, la caffetteria si è svuotata. Cerco il cellulare nella borsa, è tardi, devo tornare a casa e mettere un po' in ordine per la cena con Matilde. Quando vado alla cassa, la ragazza mi dice sorridendo che il conto è già stato pagato. Rimango per qualche secondo imbambolata a fissarla, poi la saluto e mi lascio quel posto magico alle spalle.

Corro a casa, ho ancora tante cose da fare e il tempo stringe. Mi piace molto essere impegnata, avere poco tempo per i pensieri, per i pasticci che la mia testa puntualmente crea.

Appena entro in casa, Frida mi fa le feste. Le faccio un po' di coccole e le do due baci sulla testa.

Sono stanca, di una stanchezza che non so spiegarmi nemmeno io. Vado in cucina e mi verso un buon calice di vino rosso, subito dopo mi preparo un bagno caldo: non ho molto tempo a disposizione, ma adesso voglio pensare a me.

Accendo la musica, qualche candela profumata e mi lascio cullare da una dolcezza inebriante. Mi spoglio davanti allo specchio e mi rendo conto che non lo facevo da mesi. Guardo attentamente ogni singolo particolare nascosto. Guardo le cicatrici e tutti quei nei che con le dita unisco, come per formare una costellazione.

Mi piaccio, per la prima volta dopo tanto tempo trovo stimolante guardarmi nuda.

Mi lascio andare alla musica, al profumo delle candele, alle mie dita sottili che poco alla volta iniziano a viaggiare nuovamente su un corpo di cui non ricordavano niente.

Mi sento quasi in dovere di fare l'amore con me stessa, di spogliarmi di tutte le mie paure. Di accarezzare ogni singola parte del mio corpo fragile.

12

La sensazione dei capelli bagnati sulla schiena mi ricorda di quando ero piccola. Mia madre spazzolava i miei capelli lunghi mentre mi cantava canzoni d'amore – canzoni di una volta, che con il tempo ho preso a canticchiare anche io.

Cerco nell'armadio qualcosa di comodo da indossare. È solo una serata tra amiche, e Matilde di sicuro arriverà con il solito look jeans e camicetta.

Mi vesto in fretta e, proprio quando ho finito, il suono del citofono interrompe il silenzio monotono che fino a poco prima invadeva la casa.

«Chi è?»

«Sono Matilde, chi dovrebbe essere!»

«Matilde chi?»

«Mi stai prendendo in giro?»

«Sempre la solita noiosa. Dài, sali.»

«Era ora!»

Matilde è una da scale. Gli ascensori le mettono tristezza, dice che sono la rovina della società.

Sento i suoi passi farsi sempre più vicini e il suo profumo diventare sempre più forte.

Non fa in tempo a mettere un piede in casa che subito Frida le si para davanti agli occhi.

«Oh, amore! Ma come sei bella!»

Frida le corre ai piedi.

«Vedi? Mi riconosce, sa che io sono stata la sua mamma per qualche giorno! Meglio i cani delle persone!»

«Ah guarda, su questo siamo d'accordo.»

Matilde è un uragano, una di quelle persone che ti entrano nella vita e non capisci nemmeno tu come sia potuto succedere. Ecco, Matilde è questo: è un insieme di cose assurde, di giochi di colore, di esuberanza, di gioia. È una persona che in ogni situazione, in ogni momento, sa come farti sentire vivo.

«Cami, abbi pazienza ma ordiniamo? Ho una fame assurda!»

«Cosa preferisci? Uramaki, nigiri, sashimi?»

«Fai tu.»

Nell'attesa, parliamo un po' di quello che sta succedendo nelle nostre vite.

«Comunque oggi te ne sei andata così, non abbiamo finito di parlare.»

«Hai ragione… dov'eravamo rimaste?»

«Mi stavi raccontando quello che è successo con Marco.»

«Ah, giusto. Ti dicevo, sono andata da lui senza dirgli niente. Sentivo che c'era qualcosa che non andava, e volevo scoprire cosa.»

«E...»

«E avevo ragione!»

«...»

«Cazzo, lo so che sembro una stalker, ma credimi che non ho fatto nient'altro che aspettare... e neppure tanto! Sono partita con il sospetto e, quando ho visto con i miei occhi cosa stava succedendo, be'... non ho detto niente, ho semplicemente osservato da lontano. Ho visto lui e quella ragazza che si sbaciucchiavano in mezzo alla strada. Sembravano felici, e io sembravo una cretina. Così me ne sono andata.»

«Io l'avrei preso a schiaffi davanti a tutti! Ma come si fa?»

«Non lo so. Non ho idea di cosa passi nella mente delle persone, quando scelgono di tradire. Cioè, non è come scegliere il gusto della brioche che mangerai il mattino, o che fiori piantare sul terrazzo di casa. Non è così che funziona. Quando scegli di tradire qualcuno metti a rischio tutto. E metti a rischio pure te stesso, ché un'altra al posto mio gli avrebbe spaccato la faccia! Ma io no, io non volevo dargli alcuna soddisfazione.»

«Avrei voluto avere la tua forza, quando Giovanni è andato via di casa. Solo che a volte, in questi casi, le persone mettono da parte la razionalità.»

«Forse ero così tranquilla perché me lo sentivo già

da un po'. Forse mi ero già preparata psicologicamente. Non lo so, Cami. So che ho sentito il mio cuore spezzarsi, ma non ha fatto rumore. Si è rotto e basta. Si dice che le persone deluse si allontanino in silenzio, senza far casino… ecco, io ho fatto così. Mi sono allontanata senza dire una parola, senza chiedere spiegazioni. Per me quello che avevo visto era già una risposta.»

«Ma Marco? Insomma, alla fine cos'è successo?»

«In realtà niente di particolare. Ho aspettato che tornasse a Torino per parlarci. Avevo bisogno di guardarlo negli occhi, di mettere i puntini sulle I. Non potevo lasciarlo per messaggio, capisci?»

«Sì, capisco, fin troppo bene. Giovanni invece non si è fatto scrupoli. Ha chiuso tutto quello che c'era con un messaggio, "non torno a casa" e arrivederci. A ripensarci adesso mi viene una rabbia… Non me lo meritavo, non dopo dieci anni.»

«Giusto. E nemmeno Marco se lo meritava.»

«Lui come l'ha presa?»

«Be', diciamo che non è stupido, ha capito il messaggio.»

«Gli hai detto quello che provavi?»

«Sì, più o meno. Gli ho detto che sapevo tutto e che l'avevo visto con i miei occhi, ma non ero arrabbiata, ero delusa. Lo sai, no? All'inizio si basa tutto sul rispetto, sulla fiducia, ma poi con il passare del tempo ci facciamo andar bene cose che in realtà dovremmo evitare. Smettiamo di parlare di quello che ci succede durante la giornata, tralasciamo i particolari, ci dimentichiamo le cose belle, i dettagli che fino a quel momento ci avevano fatto sorridere. Una relazione non può continuare, se tra due persone non c'è più niente di importante.»

«Credi che sia pentito di ciò che ha fatto?»

«No, credo che si senta finalmente libero. Non che prima non lo fosse, anzi. Però penso che adesso lui sia in quella fase in cui, anche se non capisci bene quello che è appena successo, sai che la vita continua. Non so come spiegarti, però lui secondo me è tornato vincitore, in qualche modo. Stava vivendo in una bugia che iniziava a pesargli addosso, un segreto troppo grande da tenere per tanto tempo.»

«Dici che sarebbe scoppiato, prima o poi?»

«Sì, secondo me sì. Cioè, non si può andare avanti a lungo, vivendo due vite parallele.»

Il discorso viene interrotto dall'arrivo del sushi, e per un'ora buona i pensieri negativi restano fuori dai nostri cuori.

In un certo senso, in Matilde trovo quella parte di me che credevo di aver perso per sempre. Ci vuole una grande forza per essere così, per saper affrontare le cose in maniera calma come fa lei. Mi piace l'idea di averla accanto, di averla all'interno della mia vita. Il suono della sua voce mi sa tranquillizzare, resterei ad ascoltarla per ore, anche quando blatera cose senza alcun significato. Sì, Matilde è un bellissimo uragano.

«Che ne dici di spostarci sul terrazzo? Da quando sono venuta a vivere qui non sono ancora riuscita a godermelo per bene. Non c'è granché, giusto un tavolino e due sedie, ma per stasera direi che possono bastare.»

«Questa è una di quelle serate in cui basta poco per essere felici.»

Guardo Matilde alzarsi e spostarsi verso la finestra, e noto l'infinita lunghezza delle sue gambe, l'eleganza con cui si sposta i capelli dal volto. Ha i capelli lisci, che scendono con grazia fin sotto le spalle, e ogni tanto se li porta tutti da un lato, li raccoglie con una mano e li sposta per sorridere meglio. È bella sempre, ma quando sorride intravedo nei suoi occhi qualcosa di magico, qualcosa a cui non credo di riuscire ad abituarmi. È come se Matilde attorno a sé avesse una sorta di luce che rende ogni dolore meno doloroso. Ogni gioia con il suo sorriso viene amplificata al punto da rendere felici anche le persone che le stanno accanto. Amo le persone così. Ai miei occhi appaiono dannatamente speciali, e io farei di tutto per non perdere tanta bellezza.

«Mati?»

«Dimmi.»

«Secondo te lì fuori c'è qualcuno adatto a noi? Voglio dire… sai tutti quei discorsi sul destino? Tu che ne pensi?»

«Io penso che se una cosa ti fa star bene devi avere il coraggio di viverla senza farti troppe paranoie, perché, appena lasci spazio ai pensieri, ecco che quella cosa inizia a perdere il suo vero valore. Sì, forse siamo destinati a qualcuno. Forse ogni fine che stiamo vivendo in qualche modo è il prezzo da pagare per arrivare a ciò a cui siamo veramente destinati... Ma è un discorso complesso da fare dopo una bottiglia di vino, non pensi?»

«In realtà penso tante cose, ma a volte il silenzio è la risposta migliore.»

«...»

«...»

«Guardiamo le stelle?»

«Non sapevo fossi anche romantica.»

«Non lo sono, infatti. È colpa del vino.»

Restiamo a guardare le stelle per un'ora buona. Racconto a Matilde tutto quello che so sulle costellazioni, le spiego come riconoscerle, come orientarsi, quante siano quelle visibili ai nostri occhi. Le racconto storie che non pensavo di poter raccontare ancora, soprattutto così, con grande facilità. Matilde resta ad ascoltare in silenzio, ogni tanto prova a interrompermi, ma è solo questione di attimi, poi molla subito la presa. Capisce che ho voglia di condividere con lei queste piccolezze.

Noto che a ogni pausa la sua testa ruota nella mia direzione. Guarda le mie labbra e i miei sorrisi, e sorride di conseguenza.

«Mi piace ascoltarti.»

«A me piace condividere con te quello che so.»

«Ecco, condividere... Condividere è una delle cose più belle di un rapporto.»

La guardo, e non sono sicura di capire cosa voglia dire, dove voglia arrivare.

Si volta verso il cielo e sorride alla luna, che ci sorride di rimando.

Per un attimo mi rendo conto che, se solo girasse la testa, Matilde vedrebbe i miei occhi puntati su di lei.

Dev'essere il vino, è senza dubbio il vino a farmi vedere tutto in una luce così romantica.

«Che dici, Cami? È ora di andare. Se stiamo ancora un po' qui arriva l'alba, e l'alba è per chi si ama davvero tanto. L'alba è per chi sa aspettare.»

«E tu sai aspettare?» mi sento chiederle.

«Solo se ne vale la pena.»

Mi alzo di scatto e stiro la schiena. Sì, si è fatto davvero tardi. Le luci delle finestre di fronte ormai sono quasi tutte spente. Faccio per entrare in sala.

«Grazie per la bella serata» mi dice Matilde, sfiorandomi il braccio.

«Non farci l'abitudine» le dico sorridendo.

«Sei sempre così noiosa o lo fai solo con me?»

«Scoprilo!»

Le porto la giacca mentre dà il suo ultimo saluto a Frida.

«Vorrei essere un cane anche io, se ogni volta la tratti in questo modo!»

«Dài, Camilla, tu sei il mio portafortuna.»

«Questa me la devi spiegare.»

«Buonanotte, tesoro, fai bei sogni» mi sussurra, fingendo uno sguardo ammiccante.

«Che scema! A domani!»

Un sorriso e un bacio sulla guancia.

La guardo allontanarsi per le scale, le faccio un ultimo cenno con la mano e rientro in casa.

I suoi occhi sono giù, dall'altra parte della strada, ma continuo a sentirli addosso. Mi verso l'ultimo goccio di vino e vado a sedermi sul divano. Sbircio su Facebook il profilo di Matilde, guardo le sue foto, i suoi post, la sua musica e improvvisamente sento vibrare il telefono.

"Grazie della bella serata, sei davvero una persona speciale. Ti scrivo appena arrivo, così non mi avrai sulla coscienza!"

"Cretina!"

Mi manda l'emoticon di un bacio, mentre io resto sveglia ad aspettare il suo arrivo a casa.

"Casa dolce casa" vibra WhatsApp, venti minuti dopo.

"Adesso posso andare a dormire."

"Buonanotte."

"Anche a te."

Guardo le stelle ancora un po' e penso a quanto amore le persone siano in grado di nascondere. Ci sono momenti in cui non serve a niente dirsi: "Adesso voglio restare da sola", perché le cose arrivano quando meno te le aspetti. È così che, piano piano, riuscirai a creare dentro al tuo cuore un posto nuovo, un posto ben curato e da donare a qualcuno di importante. Quando l'amore arriva, non bussa alla porta. Quando l'amore arriva puoi ripetere tutti i "no" che vuoi, ma lui sa aspettare, sa lottare, sa restare. L'amore, quello vero, non urla. Silenzioso, si infila nel tuo cuore e ti travolge la vita.

Penso a Giovanni, e per la prima volta non voglio piangere, non sono arrabbiata, non sento il cuore stringersi nel petto. Sono guarita? Finalmente il mio cuore ha ripreso a battere normalmente? Sì, sto bene. Sento addosso il sapore delle cose nuove. Quando un amore finisce ci vuole tempo per superarlo, e io quel tempo l'ho sentito tutto. Per mesi ho rifiutato di accettare il suo addio e sono rimasta intrappolata in un dolore che si è preso tutto ciò che di bello avevo. Era come se qualcuno, dall'alto, mi avesse rubato tutta la felicità che avevo in corpo. Non sapevo reagire, non volevo reagire. Mi sentivo triste, triste per aver perso Giovanni, per aver perso l'amore, per aver perso tutto.

Lo capisci con il tempo, che le cose passano. Non importa quanto tu voglia restare attaccata ai ricordi perché, prima o poi, inizieranno a sfumare, inizieranno a perdere i contorni e i colori inizieranno a mischiarsi tra di loro. Le cose che ritenevi importanti improvvisamente perderanno il loro valore, quei piccoli dettagli che per te significavano tanto improvvisamente non avranno alcun senso. Capirai, con il tempo, che tutti quei litigi potevano essere evitati. Ma queste cose le capirai soltanto a storia chiusa, guardando tutto come fossi un semplice spettatore.

Alla fine, la razionalità arriva. E ti fa capire quanto giusta possa essere una fine.

13

Il giorno successivo è una domenica che passa senza fare troppo rumore. Cerco di occupare le ore vuote con tutte le cose che amo di più. Per prima cosa, vado in libreria alla ricerca del libro perfetto. Non so nemmeno io di cosa ho voglia precisamente, ma vorrei trovare delle pagine che parlino di qualcosa di vero, qualcosa che mi faccia esclamare: «Cazzo, è così!». Cerco tra i manuali di self-help, quelli che hanno titoli come *Dieci modi per vivere una vita serena* o *Tutto quello che dovresti sapere per star bene*. Giro a vuoto per due ore, ma niente cattura la mia attenzione. Non mi è mai capitato di uscire da una libreria senza prendere almeno un libro. Il fatto è che oggi i pensieri sono altrove e no, non posso dire in che punto preciso siano, ma sicuramente è un punto che fa invidia al mondo.

Resto aggrappata al nulla, vago per le vie di Torino tra alberi e taxi, bambini e studenti universitari. Cerco di convincermi a fare più cose possibili, non voglio tornare a casa eppure ho addosso un senso di vuoto che non riesco a cacciare via.

Entro nella mia caffetteria di fiducia, mi faccio spazio tra i tavoli e le sedie fuori posto, cerco sorrisi da condividere, storie da raccontare, ma dal bancone vedo solo una ragazza piangere e mi sembra di rivedere me stessa dopo la rottura con Giovanni. Questa sconosciuta piange e si asciuga le lacrime ancor prima che arrivino a metà guancia. La guardo con aria dolce, quasi preoccupata: non mi fa pena, ma un'immensa tenerezza.

Lei nota il mio sguardo quando il cameriere le porta il suo cappuccino chiaro, e voltandosi mi fa un mezzo sorriso, di quelli che costano, di quelli che non vorresti fare, ma fai lo stesso per educazione.

Ordino il mio solito caffè doppio, chiedo di portarmelo al tavolo e mi allontano per cercare un posto. Mi faccio coraggio e raggiungo la sconosciuta, le sorrido e mi accomodo al tavolo vicino, poi tiro fuori la mia Moleskine e aspetto il caffè.

Con la coda dell'occhio, scorgo il suo sguardo allungarsi sul mio tavolo.

«Come ti chiami?» le chiedo.

Lei si volta di scatto, asciugandosi le lacrime.

«Mi chiamo Ginevra, ma tutti mi chiamano Gin.»

«Piacere, Gin. Io sono Camilla.» Le allungo una mano.

«Tu non ce l'hai un soprannome?»

«Puoi chiamarmi Cami» rispondo. «Dimmi un po', perché sei triste?»

«No, niente...»

«Lo so, sono una sconosciuta qualsiasi. Ti capisco, se non vuoi parlare con me.»

La vedo esitare. «È che... ci sono momenti durante la giornata in cui mi perdo, non capisco più niente e mi viene solo voglia di piangere.»

«Fai bene a piangere, ti aiuta a sfogarti. È giusto lasciarsi andare quando non se ne può più.»

«Tu dici?»

«Dico!»

Mi sorride dolcemente, c'è qualcosa in lei che mi ricorda una me più giovane, la ragazza che ero un tempo e che adesso sto cercando di riscoprire. Ginevra è una ragazzina in confronto a me, ma conosco bene quello sguardo: è lo sguardo di una persona ferita, di una persona che si ritrova a fare i conti con qualcosa di più grande.

«Grazie per le belle parole» mi dice.

«Grazie a te per la fiducia.»

Improvvisamente il suo telefono inizia a squillare, e io approfitto della chiamata per tirare fuori dalla borsa la mia penna preferita e la Moleskine.

"Cara Gin" scrivo, "ciò che senti non è nient'altro che il rumore della vita. Sii forte, sii coraggiosa. Milla."

Strappo il foglio dall'agenda e lo piego in quattro. Con un passo raggiungo il tavolo di Ginevra, la saluto con una carezza e le lascio questo pensiero.

Mi restituisce un sorriso felice e un grazie senza voce.

14

Questa mattina Matilde non si è presentata in ufficio. Ho provato a chiamarla, ma il cellulare risultava spento. Ho provato a chiedere ai colleghi, ma nessuno sapeva che fine avesse fatto. In realtà non ho dato troppo peso alla cosa, sono certa che domani la vedrò vagare per i corridoi con il solito caffè tra le mani e la solita aria da finta snob.

Uscita dal lavoro torno a casa e imbrago Frida alla velocità della luce: abbiamo entrambe bisogno di correre all'aria aperta. Restiamo al parco fin dopo il tramonto, non abbiamo nessuno ad aspettarci e gli orari, per noi, non sono altro che dettagli da non seguire.

Mi piace l'idea di non avere vincoli, di poter fare tutto quello che mi passa per la testa senza il bisogno di chiedere scusa a qualcuno o di giustificare i miei ritardi. Siamo solo noi due, e in questo esatto momento non abbiamo bisogno di altro.

Penso alle linee di Matilde, al suo modo di spostare i capelli, all'eleganza dei suoi gesti e all'importanza che dà alla sua figura di donna.

Penso anche a Giovanni. Mi rendo conto che ultimamente il suo pensiero resta con me non più di qualche attimo, c'è sempre qualcos'altro che cattura la mia attenzione. Ora penso ai suoi ricci e alle sue orecchie a sventola, penso a nonna Maria – chissà cosa le ha detto, per informarla della nostra rottura. Penso alla nostra vecchia casa e ai ricordi che ho lasciato lì dentro.

Penso a Ginevra, alla sua giovinezza e alle sue lacrime silenziose. Penso alla sua reazione nel leggere le parole che le ho dedicato.

Penso ai tramonti persi quando il dolore mi teneva chiusa in camera a piangere. Penso ai momenti non vissuti per colpa delle occasioni lasciate andare. Penso a ciò che sto vivendo in questo preciso istante. Penso a mia madre e alle poche dichiarazioni d'amore che le ho rivolto. Penso alla mia vita, a quel lavoro che non riesce a soddisfarmi appieno. Penso alle preoccupazioni, ai momenti difficili che da sola sono riuscita a superare. Penso a quanta forza si nasconde dietro ai miei occhi.

Per la prima volta, penso a me e mi sento in dovere di essere felice.

Mi lascio il tramonto alle spalle, la luce rosa del cielo sta piano piano scomparendo. Lego Frida al guinzaglio e ci avviamo verso casa.

Quando raggiungo la porta del mio appartamento, noto qualcosa di strano.

Seduta sui gradini c'è Matilde.

«Cosa ci fai qui?»

«Passavo da queste parti.»

«Ho provato a chiamarti oggi, ma avevi il cellulare spento. Ho pensato ti fosse successo qualcosa.»

«No, avevo finito il lavoro per Enrico e ho pensato di prendermi una giornata solo per me.»

«E io cosa c'entro, in questa giornata?»

«Avevo voglia di vederti, punto e basta.»

«Va bene.»

Entriamo in casa senza dire una parola. Matilde lascia la borsa all'ingresso, ma prima di abbandonarla tira fuori una bottiglia di vino rosso.

«Pensavo ti fosse successo qualcosa» le ripeto.

«No, tranquilla. Capitano a tutti giornate così, no?»

«Hai ragione... Senti, ti dispiace se mi faccio una doccia veloce? Ho portato Frida al parco e siamo andate a correre.»

«No, fai pure. Intanto ordino qualcosa da mangiare, ti va?»

«Certo!»

Si sono fatte le otto e il suono del campanello ci ricorda che è ora di mettere qualcosa sotto i denti.

«Mati, vai tu?»

Sento la porta spalancarsi e Matilde salutare con un «grazie» finale.

«Muoviti che si raffredda!» grida, mentre io do un ultimo colpo di fon ai capelli.

«Arrivo!»

In sala è già tutto pronto, sistemato nei minimi dettagli.

«Wow!»

«Non farci l'abitudine.»

«Assolutamente» rido. «Volevo chiederti una cosa, ma non so se è il momento giusto...»

«Al massimo non rispondo» ribatte lei, pronta.

«L'altra sera poi non mi hai finito di raccontare di Marco...»

«...»

«Ok, forse non dovevo riaprire l'argomento.»

«No, no» sospira. Poi, dopo un attimo di silenzio: «In realtà oggi non sono venuta al lavoro proprio per questo motivo. Marco è tornato a casa ieri sera e abbiamo passato l'intera notte a parlare della nostra situazione».

«Ti ha chiesto scusa? No, Mati, perché altrimenti saresti scema a perdonarlo.»

«Non ho detto che voglio tornare insieme a lui. Anzi, in realtà non lo voglio. Ormai ho preso una decisione e sono convinta della scelta che ho fatto... Solo che, dopo tantissimo tempo, ho rivisto in lui la persona di cui mi ero innamorata. C'era nei suoi occhi la stessa voglia di vivere che non riuscivo più a trovare. Mi ha chiesto tempo, ma gli ho detto di no, che non sono questo tipo di persona, che i tradimenti non mi piacciono e che forse averlo scoperto mi ha aiutata a rendermi conto di quanto la situazione fosse diventata pesante.»

«Aspetta, frena! In fondo siete sempre andati d'accordo, nonostante la distanza. Sei sicura di non volerci riflettere?»

«Cami, non ho più quindici anni! Ho voglia di creare qualcosa di duraturo, voglio star bene, voglio innamorarmi perdutamente di qualcuno e passare il resto della mia vita a far pazzie che mai sognerei di fare. Con lui era tutto così piatto...»

«Sì, ma eravate distanti. Non lo sto giustificando, sia chiaro, solo che non puoi aspettarti di fare pazzie con una persona che vive a seicento chilometri di distanza... cioè, è già questa una pazzia!»

«Appunto! All'inizio, quando era stato trasferito, io l'avrei seguito senza pensarci due volte. Avevo l'amore addosso, lo sentivo. Avrei fatto qualsiasi cosa, pur di vederlo felice, avrei lasciato anche il lavoro, nonostante avessi firmato da un mese il nuovo contratto. Per lui l'avrei fatto, avrei corso il rischio.»

«E perché non l'hai fatto?»

«È stato lui a insistere. Diceva che non ce n'era bisogno, che ce l'avremmo fatta lo stesso... e io, mi conosci, sono sempre stata quella che si sacrificava per tutti. Quella che dice sempre di sì. Che prima di pensare a se stessa pensa al mondo intero. Sono quella che fa dieci ore di treno due volte al mese pur di vedere gli occhi di

Marco. Sono sempre stata quella giusta ma allo stesso tempo sbagliata, quella che "oh mio dio sei fantastica" ma allo stesso tempo "troppo brava e noiosa", quella che non cerca la discussione e che proprio per questo viene accusata di non avere reazioni.»

«Eppure chiunque pagherebbe oro, per avere accanto una persona come te. Marco non sa quello che ha perso.»

«Marco lo sa, eccome se lo sa.»

C'è un momento nella vita di tutti in cui si arriva a un punto di non ritorno. Tutto ciò di cui abbiamo bisogno è quella stabilità che non riusciamo a ritrovare se non nella persona che abbiamo ritenuto sbagliata, che abbiamo trattato male, che abbiamo perso, che abbiamo mandato via, che abbiamo trascurato. Vorresti tornare indietro come se niente fosse, ma non si può. Non si può pretendere che tutto torni come vuoi tu, se prima hai commesso degli errori. Non funziona così. Bisognerebbe rendersi conto delle piccolezze, dei dettagli, delle attenzioni che ci vengono donate.

Noi esseri umani abbiamo questa innata capacità di donare il nostro amore a chi per noi non farebbe nemmeno un passo. Abbiamo accanto persone che si butterebbero nel fuoco per noi, ma non le vediamo, restiamo con lo sguardo fisso da un'altra parte e, quando la corda si spezza, non possiamo più farci niente. Non puoi pensare di fare quello che vuoi e poi tornare indietro come se niente fosse. Non puoi pretendere niente: hai sbagliato e queste sono le conseguenze.

Marco ha sbagliato e si è reso conto del suo errore. Io stessa avevo sbagliato, con Giovanni, e ci ho messo un po' di tempo a rendermi conto di tutto, ma non si può tornare indietro, non si può tornare nella vita di una persona e stravolgerla nuovamente. Non sei nessuno per pretendere di avere ragione.

Matilde cerca i miei occhi e poi distoglie lo sguardo. È bella anche quando si imbarazza, ma non posso dirglielo, non posso dirle tutto ciò che mi passa per la testa.

«Sai, Cami, alla fine penso che lasciare Marco fosse l'unica scelta possibile.»

«Dici?»

«Sì, senza dubbio. Nonostante tutto, erano mesi che le cose tra di noi avevano preso una piega diversa. Non riuscivo più a provare le stesse cose, anche quando veniva a trovarmi pensavo ad altro, mi concentravo sul lavoro, sui miei hobby, sulla mia famiglia. Marco sembrava quasi un amico che veniva a passare qualche notte da me. Non facevamo neanche più colazione insieme, e io non mi prendevo più i giorni di ferie pur di stare accanto a lui. Trovavo la scusa del lavoro, che c'era tanto da fare e che se mancavo io era un casino.»

«Ti senti in colpa?»

«Mi sento bene. Sono fiera di me e di quello che ho costruito con le mie mani. Sono felice di avere accanto persone che mi vogliono bene sul serio. Lo so, forse di amici veri e propri ho solo te, ma mi basta. Cioè, tu sei di gran lunga la persona più vera che io conosca.

Certo, hai il tuo bel caratterino, ma mi trovo davvero bene con te.»

Le sorrido mentre la guardo riempire i nostri calici di vino. Seduta a terra, con la schiena appoggiata al divano, noto le sue lunghe gambe avvicinarsi alle mie e le sue mani poggiare i bicchieri a terra per poi accarezzarmi i capelli.

Passiamo il resto della serata a raccontarci. Mi sembra così surreale, era da tanto che non riuscivo a parlare così liberamente con qualcuno. Mi sento inebriata da tutta questa felicità.

«Resti?»

«In che senso?»

«Resti a dormire? È tardi e abbiamo bevuto troppo, non puoi guidare.»

«Sì, forse hai ragione. Mi lasci il divano?»

«Se mi assicuri che non russi ti lascio una parte di letto.»

«Non russo, forse scalcio un po', ma niente di tremendo.»

«Andata!»

Matilde è entrata nella mia vita senza far rumore, eppure, allo stesso tempo, con la forza di un uragano. Come un lampo, come qualcosa che non ti aspetteresti di trovare.

E lentamente, con dolcezza, è riuscita a sconvolgere quella monotonia che mi ero costruita intorno, e che un po' mi faceva sentire sicura.

15

Sedute sul letto con le gambe incrociate, ci raccontiamo cose di noi che non avevamo mai detto a nessuno. Quando mi parla di quella volta che ha baciato una ragazza, Matilde lo fa con la voglia di avvicinarsi: lo vedo, lo sento.

Allungo le gambe e le mostro il bicchiere di vino ormai vuoto.

«Ancora?»

«Perché no!»

Ne verso un altro po', sento i suoi occhi addosso e non mi interessa nient'altro.

Dove le parole non possono arrivare, possiamo accontentarci degli occhi, degli sguardi, quelli a cui non vorremmo rinunciare mai, quelli che hanno il potere di leggerti i pensieri e di scombussolarti ogni organo interno. I suoi occhi addosso sono la mia poesia preferita.

Matilde si addormenta così, con le labbra rosse per colpa del vino e un sorriso che vorrei tanto baciare.

Sì, il pensiero di baciarla mi è venuto in mente più volte, così spontaneo che l'ho lasciato oscillare tra tutte le cose che avrei voluto dirle.

Sono confusa, ma so che dentro di me qualcosa si sta muovendo. È come se la mia testa e il mio cuore si fossero messi a tavolino per farmi stare bene.

Ho voglia di baciare Matilde.

Ho voglia di poggiare le mie labbra sulle sue.

E mi addormento con il nostro pensiero addosso e il suo cuore poco distante dal mio.

16

Al mattino mi sveglio per prima. Cerco di contare i suoi sospiri e di sbirciare dentro ai suoi sogni. Vorrei leggerle poesie nuove, poesie che nessuno ha mai scritto, con parole mai usate finora.

Mi alzo dal letto e, per la prima volta, quella casa grande e luminosa mi sembra un po' meno vuota. Non si tratta dei mobili, dei quadri appesi alle pareti, dei fiori e delle piante. C'è Matilde, e improvvisamente sento un calore che niente prima di oggi era riuscito a farmi percepire.

In sala, noto che Frida sta ancora dormendo sul suo pezzo di divano. Cerco di non disturbarla, ma la voglia di una carezza le fa aprire gli occhi, mentre la coda si muove sempre più velocemente. Le verso da mangiare e inizio a preparare una moka.

Mi piace l'odore del caffè che sale, mi ricorda quando da piccola mia madre veniva a svegliarmi per andare a scuola. Riuscivamo a fare colazione insieme, io con latte e biscotti e lei con il suo buon caffè bollente e due cucchiaini di zucchero. Il caffè a casa mia era una tradizione, un po' come il tè delle cinque per gli inglesi: bisognava berlo seduti a tavola e non si poteva in alcun modo scappare, era il momento più intimo di tutta la giornata. Non potevi alzarti o avere fretta: se dovevi scappare per qualche impegno, allora il caffè non lo prendevi a casa, tutt'al più andavi a prenderlo al bar.

Lo tengo al caldo nella macchinetta per qualche minuto, fino a quando non la vedo spuntare sulla soglia. Ha i capelli spettinati, con la mano cerca di spostarli tutti da un lato. È così bella che quasi mi viene voglia di dirglielo.

«Buongiorno» le sorrido.

«Buongiorno a te, tesoro» mi dice, schioccandomi un bacio sulla guancia. «Hai fatto il caffè, posso averne un po'?»

«Certo! Hai dormito bene?»

«Divinamente.»

«Andiamo a fare colazione sul terrazzo, ti va?»

«Sono già lì.»

Porto fuori il caffè e una torta con le mandorle che tenevo per le occasioni speciali.

Mentre le racconto delle mie piante, dei mille trucchi che mi invento per tenerle in vita, lei mi interrompe: «Cami, devo dirti una cosa».

«Dimmi» rispondo, non sapendo bene cosa aspettarmi.

«Domani parto» dice.

La testa mi gira un poco.

«In che senso?»

«È un viaggio di lavoro. Francesco si è tirato indietro all'ultimo e il capo vuole che vada al posto suo. Non me lo aspettavo nemmeno io, a essere sincera.»

«Quanto starai via?»

«Probabilmente due settimane.»

«Da quanto lo sai?»

«Da poco, dall'inizio della settimana scorsa.»

«E perché me lo dici solo ora?»

«Non lo so, non sapevo se era il caso...»

«Dove andrai?»

«A Madrid.»

«Capisco.»

«Sei arrabbiata?»

«No... è solo che non mi aspettavo questa cosa, poi così su due piedi... non ero pronta.»

«Lo so, mi dispiace. Sono caduta dalle nuvole anche io. È che una parte di me aveva paura...»

«Paura di cosa?»

«Non lo so. Ci stiamo avvicinando, e partendo adesso mi sembra di rovinare tutto. Ho cercato di non pensarci, e parlarne lo fa diventare improvvisamente vero, reale... capisci? Oddio, non so neanche io cosa sto dicendo!» Si nasconde il viso tra le mani, con i capelli che le calano davanti come un sipario.

«Sai, forse è meglio se ci allontaniamo un po'» dico.

«Magari ci aiuta a capire. Io devo capire cosa mi sta succedendo… Tu no?»

«Sì, forse hai ragione, ma per favore non rimanerci male!»

«Non lo so… adesso mi sento confusa. Forse dovremmo salutarci.»

Resto a guardare il cielo mentre Matilde si prepara per tornare a casa. Sono arrabbiata, vorrei dirle tantissime cose. E allo stesso tempo so che non eravamo niente, non è mai successo niente tra di noi. Non sono nella posizione giusta per essere arrabbiata.

La guardo mentre si sistema i capelli in una lunga coda di cavallo.

«Senti, mi spiace. Non volevo reagire in quel modo.»

«Mi mancherai» dice lei. Solo questo.

«Anche tu.»

«Ti scriverò»

«Promesso?»

«Promesso.»

Mi saluta con un bacio sulla fronte, una carezza e un sorriso. La guardo andare via, non so cosa fare. Vorrei fermarla, eppure lascio che si allontani da me. Quando sarà la prossima volta che potrò vederla così vicina?

Per le prossime due settimane, rimarrò nuovamente sola. Un piccolo strato di paura mi riveste il cuore.

Non voglio perderla, non voglio che questo viaggio si porti via anche lei.

17

La sera mi arriva un suo messaggio.

"Sono dalle tue parti, scendi? Ho voglia di vederti."

Lascio in un angolo i pensieri negativi.

"Dimmi dove sei e ti raggiungo" scrivo, senza pensarci due volte.

"Sono sotto casa tua."

"Dammi due minuti e scendo."

"Sbrigati."

Prendo dall'armadio le prime cose che mi capitano davanti. Sono felice: le mancavo, sapevo di mancarle.

Scendo di corsa le scale ma all'ultima rampa, toccando le tasche, mi accorgo di aver dimenticato il cellulare e l'orologio. Non torno indietro. Non ho bisogno di sapere che ora sia, non ho bisogno di leggere i messaggi altrui. Tutto ciò che mi interessa, in questo momento, è qui con me.

Uscita dal palazzo cerco lo sguardo di Matilde, lo cerco ovunque, ma non lo trovo.

Giro ripetutamente la testa da una parte all'altra fino a quando una mano, nell'oscurità, tocca la mia. Mi volto di colpo, la guardo dritto negli occhi e improvvisamente sento le sue braccia travolgermi.

Mi lascio andare in un pianto disperato. Per un attimo, la paura aveva preso il sopravvento. Non volevo lasciarla andare: c'è qualcosa di così forte, tra di noi, che l'idea di non vederla per due settimane senza poterla salutare è riuscita a sconvolgermi e rendermi immensamente triste.

«Camilla...»

«Lo so, scusami... hai ragione.»

Le sue mani accarezzano la mia pelle, le sue labbra asciugano le mie lacrime.

«Volevo solo dirti che sei la cosa migliore che mi potesse capitare» mi sussurra Matilde.

Resto in silenzio, mentre i miei occhi continuano a perdersi nei suoi. Vorrei che questo momento durasse per sempre, o almeno più di una sola notte.

«Avevo bisogno di salutarti, di guardarti ancora una volta prima di partire.»

«Mati... io non so quanto tutto questo sia giusto, non ho mai provato un'emozione tanto forte per una donna. È così nuovo per me e ho paura, ho paura che sia solo un momento, ho paura che tutto improvvisamente possa rovinarsi, ma qualcosa dentro di me mi dice che non posso fare finta di niente. Tu ci sei, sei il centro dei miei pensieri e forse non dovrei neanche dirtelo, ma è così. Sei tu e per me sei tutto quello che adesso conta davvero.»

«Non hai bisogno di trovare sempre una spiegazione. Vivi quello che succede, vivilo a pieno cuore e non te ne pentirai mai.»

«Abbi cura di te, in queste settimane.»

«Ehi, guarda che torno!»

«Lo so. Io ti aspetto.»

«Questa è una dichiarazione d'amore?»

«Anche no!» rido. «È solo per dirti che non ti libererai facilmente di questa bella ragazza.»

«Ah, ora inizi anche a farti i complimenti da sola? Andiamo bene!» mi sfotte lei. Poi aggiunge: «Ti scriverò tutte le volte che ne avrò la possibilità».

«Lo so.»

«Devo andare, adesso. Ti porterò un regalo da Madrid, magari trovo il tempo per un giro turistico.»

«Be', in due settimane si possono fare tantissime cose» sorrido. «Grazie per questo. Per oggi.»

«Per così poco...»

«No, non è poco. Per me significa tanto.»

Ci salutiamo ancora una volta, l'ultima davvero. La guardo risalire in macchina, mettere in moto e sfrecciare via.

18

Quelli che seguono la partenza sono giorni strani. Sento la mancanza di Matilde fin dentro alle ossa.

Tra noi lo scambio di messaggi non è continuo, ma mi sforzo di non darci peso. Mi manca, ma cerco in tutti i modi di riempire la sua assenza con altro. Faccio lunghe passeggiate al parco insieme a Frida. Mi fermo ad ammirare posti che prima guardavo solo di sfuggita. Mi piace l'idea che i miei occhi possano imbattersi in qualcosa di completamente nuovo, in qualche dettaglio che inspiegabilmente avevo tralasciato.

Una sera, scopro dei piccoli pezzi di carta sparsi qua e là sopra il muro di un vecchio palazzo. Li leggo e cerco il senso logico delle parole che riportano, ma capisco subito che manca qualcosa. Provo a inventare finali azzeccati, ma niente, non ci riesco. Mi sembra che tutto sia fuori posto, ma poi capisco: sono frammenti di poesie, insiemi di parole che possono dar luce a qualcosa di meraviglioso per chi abbia voglia di soffermarcisi un attimo e provare a leggervi un senso.

Costeggio il muro del palazzo e noto con sorpresa che quei piccoli pezzi di carta ricoprono metri interi di parete. Non conosco questo fenomeno della poesia di strada: i ragazzi che scrivono sui muri, quelli sì, ma mi sembra che questi foglietti non abbiano nulla a che vedere con i graffiti e le dichiarazioni d'amore e guerra sparate con la bomboletta.

MeP, così c'è scritto sotto ognuna di queste piccole, strane poesie. Non ho idea di cosa sia, ma mi basta cercarlo su Internet perché Google mi dia la risposta. MeP: Movimento per l'emancipazione della poesia.

Torno a casa con addosso una bella sensazione. Mi piace l'idea che qualcuno possa leggere i pensieri altrui. Mi piace l'idea che quei pensieri possano in qualche modo salvare altre persone. Rendere pubblico ciò che si scrive è un po' come dire a chi passa: "Guarda che nel mondo ci sono tantissime persone che in questo momento provano ciò che stai provando tu. Non sei solo". A pensarci bene, questo cambia tutto: sapere di non essere soli ci aiuta a scardinare il vittimismo in cui ci rifugiamo quando pensiamo di essere gli unici a soffrire.

"Oggi ho scoperto il MeP" scrivo a Matilde. "Movimento per l'emancipazione della poesia. Praticamente sono poesie che le persone attaccano per strada. Spero tu stia bene, un bacio. Buonanotte."

Non aspetto la sua risposta, so benissimo che potrebbe arrivare tra chissà quante ore, così poso il cellulare sul comodino e lascio ai sogni la possibilità di prendersi tutto.

"Che fai, dormi?" mi chiede invece lei, riportandomi alla realtà con il trillo delle notifiche WhatsApp. "Io sono appena rientrata in albergo! È stata davvero una bella serata, ho conosciuto un po' di persone nuove. Domani sera andrò a cena con loro, dicono che se ho bisogno di una guida in città loro possono indicarmi i posti più belli da visitare."

Cerco di impormi di dormire e aspettare domani per leggere i suoi messaggi, ma il telefono continua a vibrare.

"Il MeP lo conosco, ne ho sentito parlare. Ogni tanto mi sono imbattuta in qualche poesia, belle! Perché non lo fai anche tu? Ti piace scrivere... Pensaci ☺."

È Matilde. Non posso non rispondere.

"Non so se riuscirei a fare una cosa del genere... Come stai? Come procedono le giornate?"

"Sto bene, ma sempre di corsa. Nel weekend dovrei essere un po' più libera, magari finalmente riesco a fare la turista. Tu come stai?"

"Io sto bene, le cose vanno bene! Domani andrò a trovare mia madre, starò con lei fino a domenica."

"Dài, bello! Ora spengo e vado a dormire, sono davvero molto stanca. A domani, Cami. Un bacio."

"Buonanotte anche a te. Bacio."

Sentirla mi fa bene al cuore. Eppure, allo stesso tempo, saperla lontana mi riempie di confusione e di tristezza.

Al mattino, preparo la borsa con poche cose dentro. Lascio a casa i trucchi, le creme e le consapevolezze. Mi porto dietro qualche sogno e quella malinconia che solo una madre può consolare. È da mesi che non vado a trovarla e ho bisogno dei suoi abbracci, ho bisogno di tornare bambina per qualche ora. Ho bisogno che qualcuno si prenda cura di me, per poco, giusto il tempo di sentirmi ancora un po' protetta. Quando il mondo inizia a farti paura, le braccia di tua madre sono tutto quello che ti serve. Le braccia di mia madre sono il mio posto sicuro, non c'è niente di così importante, di così intimo, di così caldo, nient'altro che sia in grado di alleviare ogni mio dolore.

Sto tornando a casa, tra le cose che amo di più, sto tornando nell'unico posto in cui riesco a non far entrare i problemi. È una sorta di salvezza, sento che lì niente potrà farmi del male.

Ho preso il biglietto del treno: l'idea di mettermi in macchina da sola mi spaventa, ho paura di trovarci dentro, insieme al caos e alle cose sparse, anche quei pensieri che non ho la forza di affrontare.

Porto Frida con me e, visto che mancano ancora due ore alla partenza, mi fermo a prendere un caffè nel bar con le grandi vetrate.

Entro, ordino il solito caffè doppio e cerco un tavolo al solito posto. Nel farlo, urto la borsa contro le spalle di una ragazza seduta poco distante.

«Scusami, mi dispiace.»

«No, non ti pr…»

Ginevra. È proprio lei.

«Ginevra!»

«Camilla!»

«Cosa ci fai qui?»

«In realtà ci vengo tutte le mattine, prima dell'inizio delle lezioni.»

«Sono felice di incontrarti. E ti vedo bene! Devo dedurre che quel momentaccio è passato?»

«Sì, ho fatto pace con i miei mostri.»

«Sono davvero felice per te. Quindi studi?»

«Sì, Scienze della comunicazione. Tu invece cosa fai? Lavori?»

«Sì, in un ufficio qui vicino.»

«Lei chi è?»

«Ti presento Frida. Forza, Frida, saluta!»

«Che amore!» esclama Ginevra, ma poi guarda l'orologio e si alza di scatto: «Dio, com'è tardi! Ti devo salutare, Camilla, ho una lezione importante e non posso perdere nemmeno un secondo… Mi ha fatto piacere rivederti.»

«Anche a me, molto. Ciao, Ginevra.»

La lascio correre via con un sorriso e, mentre aspetto il mio caffè, mi viene un'irrefrenabile voglia di scrivere qualcosa. Tiro fuori la mia Moleskine e nel giro di pochi minuti mi ritrovo con la pagina completamente piena di pensieri.

Mi capita spesso di avere qualcosa da dire, ma è raro che io riesca a trovare le parole per farlo. Oggi, invece, ogni parola risponde esattamente a quello che sento dentro e, quando lascio la caffetteria, mi porto addosso una meravigliosa sensazione liberatoria.

19

Il tabellone della stazione dice che il mio treno è in partenza dal binario 11.

Mancano circa venti minuti, ma lui è già fermo al binario. Cerco la mia carrozza e, prima di salire, trattengo il respiro per qualche secondo. Sto partendo, sto lasciando Torino per più di ventiquattro ore. Era da mesi che non lo facevo, e adesso all'improvviso mi viene una paura folle di non riuscire a controllare i pensieri, le sensazioni, le paure. Sono pronta a partire, ma non sono ancora pronta a confrontarmi con i miei mostri.

Cerco di non pensarci, metto su della buona musica e provo a svuotare la mente descrivendo sulla Moleskine ogni cosa che mi passava davanti. Trascorro una buona mezz'ora con la penna tra le dita e il sole in faccia. Per fortuna sono riuscita a trovare un posto vicino al finestrino: mi piace l'idea di guardare fuori, di ammirare il paesaggio come se fosse stato messo lì proprio per me. È così piacevole poter sognare a occhi aperti…

Alla partenza del treno, improvvisamente, tutto diventa di un altro colore: via i passanti e la confusione, il grigio di Torino lascia il posto a campi e cielo, solo cielo, cielo in cui cercare quello che non riesco a trovare da nessun'altra parte. Per tutto il viaggio, resto con lo sguardo fisso su quell'azzurro punteggiato di nuvole. A ogni fermata, una voce metallica mi ricorda che manca sempre meno all'arrivo.

Frida non fa una piega, si è addormentata appena è salita e si risveglia solo quando la chiamo per dirle che stiamo per arrivare a destinazione, il paesino in provincia di Vercelli in cui abita mia mamma. Ripongo nello zaino la penna, la Moleskine e le cuffie e tiro fuori il cellulare.

Ora che mancano dieci minuti all'arrivo, sento il bisogno di mandare un messaggio a Matilde.

"Io e Frida siamo quasi arrivate. Ci manchi."

Alla stazione c'è mia madre che mi aspetta. L'ho avvisata all'ultimo minuto del mio arrivo, e non le ho dato nemmeno il tempo di preparare qualcosa da mangiare, di sistemare casa o di aggiustarsi i capelli.

La riconosco appena scendo dal treno: è lì pronta con la mano alzata e un sorriso che mi basta guardarlo per sentirmi a casa.

«Mamma!»

«Bambina mia!»

Quasi non riesce a trattenere le lacrime. Mi abbraccia e accarezza i miei capelli lunghi, mentre intanto mi riempie di baci, così tanti che perdo il conto. D'altronde, che bisogno ho di mettermi a contare? Sono a casa: di baci, lì, ne ho sempre trovati a milioni.

«Mamma, scusa se non ti ho avvisata, ma ho deciso all'ultimo.»

«Non ti preoccupare, amore... Finalmente conosco questa piccolina! Ciao, Frida!»

Frida si butta subito a pancia all'aria, le piace da matti farsi coccolare in quel modo.

Presto ci ritroviamo tutte in macchina, borse sui sedili posteriori, cinture allacciate e via, finalmente si torna a casa.

Mia madre è entusiasta di vedermi, non venivo a trovarla davvero da tanto. Perfino dopo la rottura con Giovanni ho preferito restarmene da sola, nella mia casa vuota: volevo metabolizzare tutto il dolore con le mie forze, non volevo carezze e baci, volevo solo ritrovarmi. Mia madre ha capito questo mio bisogno e non ha insistito per farmi andare da lei. Adesso, però, vedendo il suo sorriso, capisco quanto dev'esserle costato sapermi lontana proprio nel momento in cui soffrivo di più.

Mi fermo a respirare. Ritornare con la mente a quei giorni, quelli dopo Giovanni, mi fa sentire schiacciata sotto il peso dei ricordi. Cerco di non pensarci, non voglio pensarci. Voglio vivermi appieno le ore che mi aspettano insieme a mia mamma.

Ma, proprio quando scaccio via l'immagine di Giovanni, ecco quella di Matilde che prende il sopravvento. Ultimamente è sempre lì, tra un pensiero e l'altro, ma adesso è diventata il mio chiodo fisso, l'unico che non riesco più a scacciare, l'unico che sento vivo dentro di me.

Provo a parlarne con mia madre: è una buona ascoltatrice, e forse in questo momento è l'unica che può dare una forma più sensata a quello che mi sta succedendo.

Con mia grande sorpresa, lei non è affatto turbata all'idea che io possa nutrire dei sentimenti così forti per un'altra ragazza.

«Devi pensare a stare bene» mi dice con una carezza. «Hai sofferto tanto. Se questo è ciò che senti, non aver paura di viverlo. Io appoggerò ogni tua scelta, sempre.»

Mi abbraccia teneramente e infine mi dà un bacio sulla fronte, un bacio pieno d'amore. L'amore che in tutti questi mesi mi è completamente mancato.

20

Tornare nella casa in cui sono cresciuta, immersa nella campagna, mi aiuta a sistemare i pensieri e a coccolare le mancanze. Quando sono qui, tutto prende una piega differente. Ho la mia stanza, il mio silenzio, le poche cose più intime che per anni sono state il cuore più vero delle mie giornate.

Rovisto timidamente tra i ricordi di una vita, di una giovinezza passata fra i prati fioriti. Tiro fuori dall'armadio i bigliettini su cui avevo scritto i miei pensieri migliori. Ero una ragazza innamorata, follemente innamorata della vita. Ero una ragazza felice, e all'epoca non permettevo a nessuno di mettersi tra me e la mia felicità.

Passo il pomeriggio a guardare vecchie fotografie che mi ritraggono con vestiti pomposi, ogni volta scoppio a ridere vedendomi addobbata come un albero di Natale e ribadisco a mia madre che doveva essere pazza per vestirmi in quel modo.

Mi piace essere lì, mi piace stare con lei e sentire le sue attenzioni addosso. Il problema è che, insieme a noi e Frida, è come se ci fosse anche Matilde: il suo pensiero è talmente reale che non riesco più a liberarmene, mi riempie tutta la testa e sembra premerci contro, come una musica con il volume troppo alto. La ricordo, ricordo i nostri momenti, i suoi occhi grandi, le sue gambe, le sue mani che sfiorano le mie, e le sue labbra che, piano, mi asciugano le lacrime.

Non voglio essere sempre io la prima a scriverle. Non voglio essere pesante, ma come faccio? Non è passata neanche una settimana dalla sua partenza, e io già sento che non posso stare neanche un minuto senza di lei. Mi dà un fastidio incredibile non poterla sentire e vedere ogni volta che ne ho voglia, ma devo resistere, so che devo essere più forte.

Cerco di occupare la testa con altro e chiedo a mia madre un po' di novità. Mi spiega che tutto procede nel migliore dei modi, che sta bene ed è felice, ha il suo orto, i suoi fiori, il suo amore per la natura che è talmente grande da superare tutto il resto.

«Sai, mamma, la completezza che trovi prendendoti cura delle piante io, per tanto tempo, ho creduto di trovarla in Giovanni. Lui mi ha lasciato un vuoto che non sono ancora riuscita a colmare.»

«Ecco perché ti stai attaccando a Matilde» risponde. «Perché lei, in qualche modo, riesce a riempire quel vuoto.»

«Dici?»

«Certo. Alla fine è giusto che sia così: ogni mancanza ha bisogno di essere colmata. Matilde sta colmando il tuo cuore, che Giovanni non è riuscito a salvare. Di questo parliamo, in fondo: di cuori. Il sesso, il genere… tutto viene dopo. Prima c'è il cuore.»

«Ho paura, mamma.»

«Tutti hanno paura, dopo aver sofferto. Ma non devi permettere che questa paura diventi più rumorosa dell'amore che provi.»

«Sai, stavo pensando di ricominciare a scrivere. Le parole salvano le persone. Quando leggiamo qualcosa, abbiamo la sensazione di essere meno soli. È come se da qualche parte nel mondo qualcuno provasse le nostre stesse emozioni. Non credi che sia meraviglioso?»

«Certo che sì, tesoro. Ti porti addosso questa passione da quando avevi sedici anni, ho ancora conservati tutti i tuoi diari e i quaderni pieni di appunti, pensieri, descrizioni. Non uscivi mai di casa senza la penna e un pezzo di carta.»

«Forse dovrei ricominciare, vorrei ritrovare in me quella forza che con il tempo è andata perduta.»

«Arriverà di nuovo, Camilla. E tu riuscirai a splendere ancora.»

Questa sera, prima di darmi la buonanotte, mia mamma mi accarezza le guance e io mi sento piccola, piccola e fragile allo stesso tempo. Il mio cuore sta cercando un po' di pace, e in questa casa la pace è tutto ciò che riesco a sentire.

21

Il giorno seguente, mamma mi sveglia con l'odore del caffè, un caffè che sa di calma e di amore.

Prima di addormentarmi, ieri sera, ho guardato il telefono, sperando di trovare un messaggio di Matilde, ma non c'era niente, né WhatsApp né sms, nessuna chiamata, nessuna notifica. Ho deciso di fare altrettanto, ma prendere sonno mi è costato non poca fatica.

Ora, con la luce, i fantasmi della notte sembrano dissolti. Io e mia madre ce ne stiamo in giardino ad ascoltare il suono delle nostre voci in mezzo alla natura, e sento il cuore che trabocca: non mi ero resa conto di quanto mi mancasse quella pace.

Le ore passano tranquille, ma con esse arriva anche la consapevolezza che tra poco dovrò già andarmene: questa sera, un treno mi riporterà a casa, solo che in quella casa non c'è nessuno ad aspettarmi con tanto amore da offrire.

Penso a me, ai miei bisogni. Cerco disperatamente di coccolarmi la testa per sistemare i pensieri, che ultimamente pesano come macigni. Ci sono momenti in cui vorrei urlare, ma non mi esce niente, nemmeno un sussurro. Sono arrivata alla conclusione che il mio silenzio fa più male di mille parole.

C'è qualcosa dentro di me che non è chiaro, qualcosa che non riesco a spiegarmi, anche se so che ha un nome: Matilde. Non vederla e non sentirla è una tortura, ed è una tortura anche questa specie di gioco in cui mi sembra di poter vincere solo se non cedo alla tentazione di scriverle. Non mi piace questa cosa, non sono abituata a provare sentimenti senza poterli esternare. Mi sento insicura, è la prima volta che mi capita di provare tanto e di non poter condividere assolutamente niente. Ma non voglio correre il rischio di rovinare tutto, non voglio passare per la frettolosa della situazione. Alla fine, sono stata proprio io a dire a Matilde che questo distacco ci serviva, che ci avrebbe fatto bene.

Sì, sono stata io.

In tutta la mia vita, non mi era mai stato così chiaro di aver detto una stronzata.

Chiedo a mia madre di accompagnarmi alla stazione, sono ormai le cinque ed è arrivato per me il momento di tornare.

«Senti, Camilla…» dice, esitante. «Tornerai presto?»

«Sì, mamma. Perché?»

«Perché, ecco… mi piacerebbe tenere Frida con

me, almeno per un po'. Lo so che è chiederti tanto, ma qui sta bene e sto bene anche io.»

Cerco gli occhi di mia mamma per capire cosa stia succedendo. È la prima volta, in tanti anni, che ammette di non bastare a se stessa. Cerco la forza per dirle di no, in fondo anche a me la presenza di Frida aiuta tanto, ma non ne ho il coraggio. Mi dico che adesso mia madre ha più bisogno di Frida di quanto non ne abbia io.

«Frida, che ne pensi?»

Lei scodinzola felice.

«Va bene allora, te la lascio» acconsento sorridendo. «Ma per qualsiasi problema chiamami, mi raccomando. Appena torno a casa ordino i croccantini e te li faccio spedire direttamente qui.»

Nei suoi occhi si accende una luce che non vedevo da tanto tempo. Mi rendo conto di averle fatto un regalo bellissimo.

«Ora accompagnatemi in stazione, altrimenti perdo il treno.»

«Andiamo!»

Arrivate al binario, saluto entrambe con due baci e un sorriso grandissimo.

«A presto!»

«Fatti sentire ogni tanto.»

«Promesso!»

Quando mi siedo in carrozza, sono felice. So che Frida è in buone mani, e sono certa che loro due, insieme, si sentiranno meno sole.

22

Il ritorno in città è più devastante del previsto. Sento i pensieri farsi sempre più forti e quando, la sera, ricevo finalmente un messaggio da Matilde, il mio cuore perde un colpo.

Mi dice che ha incontrato una ragazza italiana che le ha fatto da guida turistica per tutto il giorno.

Decido di fingermi contenta: "Che bella notizia! E cos'hai visitato con lei?".

Inizia a mandarmi varie foto della città: il Museo del Prado, il Parque del Retiro, la Puerta del Sol. E poi Matilde in tutte le salse, con gli occhiali da sole e il sorriso a trentadue denti. Continuo a scorrere le foto, fino a quando davanti agli occhi mi compare un selfie di Matilde insieme alla sua guida turistica. Lei, la guida, le sta dando un bacio sulla guancia.

"Intima, la guida turistica" scrivo, pentendomene subito. Che diritto ho di essere gelosa? Cerco di cambiare argomento e sembrare rilassata: “Ti stai divertendo?”.

“Moltissimo!”

Le mando una faccina felice, sollevata all’idea che non se la sia presa per il mio messaggio sarcastico.

“Senti, Camilla…”

“Dimmi pure.”

Vedo che sta scrivendo, ma non si decide a mandare il messaggio.

“Devo dirti una cosa” leggo infine.

Il mio cuore perde un altro colpo. Resto a fissare lo schermo, in attesa della stoccata finale.

“Tra me e questa ragazza c’è stato un bacio.”

Ecco. Morta.

“Non te la prendere, per favore… lo so che questa cosa ti manderà su tutte le furie, ma ero ubriaca. È successo… mi dispiace. Lo sai che non so mentire.”

Le dita mi partono da sole, scrivo come una furia: “La notte prima di partire hai dormito a casa mia. Hai detto che partivi per un viaggio di lavoro, che non avresti avuto un secondo libero. E adesso mi vieni a dire che te ne vai in giro con una ragazza, e che tra voi c’è stato un BACIO?”.

“Camilla, ti prego… è stato uno sbaglio. Lo so. Perdonami.”

Non rispondo più. È chiaro che i nostri sentimenti viaggiano su due binari diversi. È chiaro che non proviamo le stesse cose. Una parte di me lo sapeva già, sentivo che quello che provavo per lei era molto più forte di quello che lei provava per me. Mi sono illusa, è questa la verità. Ho costruito castelli in aria senza nemmeno riflettere, ho lasciato che tutto accadesse nella mia testa senza avere il coraggio di parlarne. Sognavo un finale diverso per noi, ma la verità è che finisce sempre così, finisce che le aspettative rovinano tutto. Diamo fuoco ai dettagli sperando che dall'altra parte sia lo stesso, ma non lo è, non sempre, non per forza. Ho peccato di ingenuità. Il mio cuore si è illuso e io sono rimasta fregata.

Mi affeziono alle persone troppo facilmente. Ripongo in loro tutta me stessa, fiducia compresa, e quando mi tradiscono resto delusa di una delusione amara. Sono una che nota i dettagli, che dà peso alle parole, ai messaggi, alle sorprese. So dare cento a chi dà dieci e poi magari mi lamento di quel poco che ricevo, senza accorgermi del fatto che dall'altra parte il mio lamentarmi è considerato solo un peso. Io sono così, non sono capace di amare a metà. Io do tutto, tutto quello che posso e, quando vedo che dall'altra parte non è lo stesso, mi convinco che posso farcela per entrambi, che posso amare anche per due. Mi faccio carico dei malumori altrui e cerco sempre il modo di scacciare via i pensieri negativi. Io sono questa: mi illudo che una carezza possa nascondere amore, ma l'amore è il mio, solo mio, e sono io che poi sto male, così male che il dolore diventa uno strato spesso che mi avvolge, uno strato tale da farmi da coperta. Il dolore mi trapassa e io puntualmente mi ripeto: "Questa è l'ultima volta". Solo che tutte le mie ultime volte sono diventate penultime, e adesso ho perso il conto di tutto l'amore che ho dato e che non ho mai ricevuto indietro.

E pensare che in teoria so bene cosa fare, so bene come dovrei comportarmi. So perfettamente che l'amore si fa in due, che è un cammino, ma so anche di essere la prova vivente che le parole sono belle, bellissime, ma quando ci sei dentro le cose cambiano. Le persone possono darti centomila consigli, ma alla fine ti ritrovi da sola con te stessa e in quel momento te ne freghi di quello che la gente ti dice. In quel momento la consapevolezza se ne va a farsi fottere, mandi al diavolo tutti quei "devo" o "dovrei" e inizi a ragionare con la pancia, con il cuore. Senza accorgerti che è proprio così che lasci a uno sconosciuto la possibilità di entrarti dentro ancora una volta, e di darti la tua nuova delusione più grande. Dovresti avere più controllo, ma come si fa a controllare l'amore? Come si fa a dire no quando il cuore non smette di battere all'impazzata?

Mia madre me lo dice spesso, che mi affeziono troppo facilmente. Che ho l'innamoramento facile e che questa cosa, col tempo, mi porterà non poche sofferenze. Ha ragione: io amo, amo perdutamente occhi che non riesco a fissare per più di qualche istante. Amo labbra che non posso baciare e mani che non posso tener strette. Amo le persone che mi fanno sentire speciale anche solo per qualche minuto, quando le incontro sento una curiosità che non so controllare, e che mi spinge a condividere con loro il più possibile.

Con Matilde è andata proprio così. Matilde è veleno e antidoto, sa distruggermi con i suoi silenzi ma può farmi tornare in vita con una carezza. Credevo che con lei il mondo mi facesse meno paura, ma è giusto affidare il proprio coraggio nelle mani di qualcun altro? Matilde mi terrorizza, manda a farsi fottere tutte le mie convinzioni. Eppure so per certo che anche ora, ora che sto piangendo e ho il cuore che mi esplode nel petto, farei il giro del mondo per trovare i suoi fiori preferiti e gettarglieli ai piedi, se sapessi che così potrei renderla felice.

Forse sono troppo timida per attaccare poesie per strada. Ma, se penso che lei potrebbe fermarsi a leggere ogni singola parola, ho voglia di tappezzare palazzi interi.

23

Provo a lasciare il pensiero di Matilde fuori dai cassetti della mia mente almeno per un po'. Cerco conforto nelle parole di mia madre, ma non mi basta ricordare, ho bisogno di aiuto, ora. Ho bisogno di un abbraccio, di una carezza, di una voce amica. Ma è tardi, e non posso rimettermi in viaggio per un semplice abbraccio. Chiamo mamma e le dico tutto, le racconto per filo e per segno quello che sento. Non posso far altro che accogliere le sue parole e lasciarmi cullare dal suono della sua voce dolce.

«Bambina mia, non piangere.» Me lo ripeteva ogni volta che sentiva la mia voce rompersi, quando ero piccola, e adesso, ancora una volta, il suo grazioso tono di voce mi cura come un balsamo, rende leggeri i pensieri, riesce a tirar fuori la parte di me più nascosta. «Andrà bene» continua a ripetermi, e la ripetizione mi dà conforto. In lei trovo un porto sicuro. Con lei ho il coraggio di crollare senza vergognarmi, senza sentirmi sporca o addirittura giudicata. Da quando ho memoria, mia madre è la persona che si è sempre presa la briga di ricucire questo mio cuore fragile.

Quando chiudo la telefonata, penso che ho bisogno di ritrovarmi, di ricollegare i pezzi che ho lasciato a terra. Ho bisogno di far pace con i miei mostri, di mettere insieme i punti, di capire se quello che sto facendo è davvero quello che voglio nella mia vita. In questo momento, niente e nessuno può alleviare il mio dolore, perché il primo passo tocca a me. Sono io che devo combattere. Devo smetterla di cercare me stessa dentro braccia sconosciute.

Durante la notte, cerco di sfogare la rabbia e la delusione buttando giù parole su parole, sono un fiume in piena. Sento il bisogno di mangiare la carta, di non lasciare neanche uno spazio bianco. Devo scrivere, devo tirar fuori tutto ciò che sento.

Prendo il computer e senza pensarci due volte apro la pagina del mio blog. L'ultimo articolo risale a circa un anno fa. Faccio per riaprirlo e leggere, ma subito chiudo la pagina: è una ferita che non posso riaprire. Parlavo di Giovanni, di Giovanni quando mi amava. Non mi va di ritornare al passato, ho bisogno di futuro, sento la necessità di pensare a me, di pensare al mio cuore che si sta nuovamente rompendo. Decido di cancellare tutto e di ricominciare da capo, ripartendo dai miei lettori, dalle persone che per tanto tempo hanno avuto voglia di ascoltare le mie parole. Li ho delusi, e si meritano le mie scuse.

Apro una pagina nuova, e le parole scivolano veloci sui tasti.

Car Te,*
non starò qui ad ammorbarti con i miei pensieri e con i miei problemi. Ci tenevo solo a chiederti scusa.
Oggi, dopo un anno di silenzio, ho capito quanto sia difficile dover rinunciare all'amore. Ho capito che anche io, come ogni persona, me ne sono andata e ti ho lasciato. Volevo dirti che sono qui adesso, che sono tornata con nuove storie da raccontare.
Abbi pazienza e perdonami se ti ho deluso.

Milla

Nel giro di un'ora ricevo già le prime risposte: non posso desiderare di meglio.

In totale le persone che mi seguono sono circa cinquantamila. Nel mio piccolo, posso salvare qualcuno. E qualcuno può salvare me.

Ogni volta che lo sguardo mi cade sulla casella dei commenti ce n'è uno nuovo che spiazza il mio cuore.

"Non ci credo, sei tornata! Sono felice!"

"Anche io sono molto felice di ritrovarti qui, Milla!"

"Mi chiedevo che fine avessero fatto le tue parole, pensavo di aver perso per sempre la tua dolcezza..."

Continuo a leggere messaggi come questi per tutta la notte, completamente sbalordita. Non pensavo di aver lasciato tanto a chi quotidianamente mi seguiva.

Ricomincio a scrivere con addosso una felicità che non riesco a spiegare.

24

Giovanni non aveva mai saputo nulla della mia passione per la scrittura. L'idea che potesse leggere le mie cose, soprattutto quelle che lo riguardavano, mi faceva sentire a disagio, così avevo preferito tenerglielo nascosto. Sul blog mi firmavo come Milla, un diminutivo che solo mia madre usa e conosce, per cui potevo stare tranquilla, nessuno avrebbe potuto riconoscermi. L'idea di non essere così facilmente visibile e rintracciabile mi rendeva sicura: avrei potuto raccontare qualsiasi cosa mi passasse per la testa senza il rischio di essere scoperta.

Adesso, mentre le mie dita volano sui tasti, mi rendo conto di quanto mi mancasse quella sensazione di pace che provavo ogni volta che i pensieri prendevano forma. Mi mancava l'idea che qualcuno potesse sentirsi protetto o semplicemente capito grazie alle mie parole. Mi mancava la consapevolezza di fare qualcosa di importante, di riuscire ad aiutare gli altri, attraverso le parole, a non sentirsi soli, a sentirsi capiti.

Quando si soffre, quando l'amore lascia spazio alla solitudine, improvvisamente ci si sente schifosamente tristi. Ed è così che mi sono sentita negli ultimi mesi: triste. Ora quel velo di tristezza torna a oscurare i miei pensieri, e il mio cuore sta di nuovo per cedere. Non posso permettere a nessuno di distruggermi, non un'altra volta. Sono caduta, ma sono consapevole dei miei errori, so che forse ci ho creduto troppo e quel troppo mi ha portata a farmi male. La scrittura può aiutarmi a scacciar via un poco di quel male: non si è mai felici, quando ci si ritrova da soli a scrivere. Se sei felice non scrivi, per farlo hai bisogno di storie da raccontare, hai bisogno di sensazioni forti, qualcosa in grado di scuoterti dentro.

Mi merito tanto, mi merito di più, e lo so bene. So che un cuore come il mio ha bisogno di continuare a sorridere. So che una sera qualunque incontrerò la persona giusta, quella che non mi farà mai sentire in difetto. Quando ti senti in difetto con qualcuno è perché quel qualcuno non è giusto per te. Lo so, sembra una frase fatta.

Guardo lo schermo e provo a spiegarmi meglio.

Meriti il meglio.
Meriti qualcuno che non ti faccia sentire sbagliato, qualcuno che abbia voglia di guardarti sorridere a ogni ora del giorno e della notte.

Meriti qualcuno che abbia paura di perderti, non perché senza di te non può vivere, ma perché non vuole, non vuole vivere un solo secondo della sua vita lontano da te.
Meriti un amore forte, un amore che non sappia di lacrime e di silenzi.
Meriti qualcuno che curi i dettagli, qualcuno che l'amore lo annaffi sempre, qualcuno che abbia voglia di prendersi cura di te.
Meriti sorrisi a colazione e carezze a pranzo, meriti di fare l'amore quando ne hai voglia e meriti qualcuno che ti guardi come se tu fossi la più bella opera d'arte mai vista.
Meriti di tenerti accanto qualcuno che si innamori di te ogni giorno, ogni ora.
Meriti l'amore, quello vero, quello che ti sceglie e che non ha mai dubbi.
Meriti un amore che forse oggi non vivi perché ti stai accontentando e tu, tu non puoi accontentarti delle briciole, non puoi accontentarti in questa folle vita.
Ama, ama forte.
Innamorati dei dettagli, dei sorrisi, dei particolari che ti lasciano senza fiato. Ama come ami il sole al tramonto, ama come ami l'immensità del mare.
Ama come se il mondo dovesse finire domani.

Milla

25

All'inizio mi sembra difficile ricominciare a scrivere sul blog. Tutto quel bianco mi mette un po' di agitazione, ed è da tanto che non mi esercito a tradurre i pensieri in parole. Ma, con il passere dei giorni, tutto diventa in qualche modo più semplice, e dopo poco ho come l'impressione di non essermene mai andata.

Matilde continua a scrivermi messaggi chilometrici, ma non ne voglio sapere niente, voglio restare con me stessa per sistemare i pensieri. Ho bisogno di ritrovarmi, di capire cosa stia succedendo dentro al mio cuore. Anche se so che prima o poi tornerà, e al suo ritorno ci aspetta la resa dei conti.

No, non siamo fidanzate, tra di noi non c'è stato niente, ma io mi sento tradita lo stesso.

So di poter amare ancora, di poter amare immensamente, ma questa vita mi sta mettendo davanti un'altra sfida difficile. Devo scegliere, devo capire, devo prendere coraggio e iniziare a camminare con le mie gambe. Sento addosso la voglia di amare come non ho mai amato prima: me lo merito, sono stata buona. A volte perdoniamo errori imperdonabili, sorvoliamo su dettagli che per noi fanno la differenza, ed è proprio questo l'amore che non meritiamo. Sono queste le briciole di cui ogni volta ci accontentiamo. Io quelle briciole e quell'amore mediocre non li voglio più.

All'inizio della seconda settimana, cerco in me stessa la volontà per rispondere a Matilde.

I suoi messaggi sanno di amore, ma io quell'amore non riesco a sentirlo, sento solo la paura, che ormai fa parte di me più di qualsiasi altra cosa al mondo.

"Camilla, mi manchi" trilla il mio cellulare, per l'ennesima volta.

Aspetto circa un'ora prima di visualizzare quel messaggio, ma alla fine il mio cuore depone le armi.

"Matilde, ti prego, basta!" rispondo, esasperata.

"Camilla! Dov'eri finita, sono giorni che ti scrivo!"

"Ti prego, Mati, non è il momento. Ne parliamo di persona, quando torni. Ok?"

"Cami, per favore, non andartene..."

Poso il telefono e lascio da parte il cuore, come si fa con le cose che non servono più.

Cerco di non pensarci, di azionare la testa, non ne voglio sapere nulla di Matilde ma le sue parole rimbombano dentro di me. La sento ovunque e so bene che il mio più grande problema è proprio lei, Matilde. Matilde che un giorno qualunque ha scelto di entrare nella mia vita senza far troppo rumore e mi ha fregata, come fanno sempre i grandi amori, perché l'amore non ha bisogno di far chiasso, l'amore arriva piano, senza farsi sentire, passa dalla porta d'ingresso ma s'intrufola nel corridoio più piccolo, per poi pulirsi le scarpe e accomodarsi tra le cose che ami di più. Matilde ha fatto questo. Mi ha stravolto la vita senza fare nulla e mi ha trascinata a fondo, sempre più giù, fino al punto più insondabile dei suoi meravigliosi occhi scuri.

La vorrei prendere a schiaffi, e ho paura di lei, dell'effetto che ha su di me. Eppure, allo stesso tempo, ho una paura folle che lei a un certo punto si stufi di cercarmi, di chiedermi scusa, di implorare un mio perdono. Mancano cinque giorni al suo rientro in Italia, e una parte di me, quella che batte al ritmo dei miei sogni, non vede l'ora che torni tra le mie braccia.

Sono delusa, ma il mio cuore prova qualcosa di forte. Mi manca terribilmente, mi manca averla tra i piedi, vederla camminare davanti a me, mi manca l'idea di poterla incontrare tutti i giorni in ufficio. Sì, sono arrabbiata, ma le mie mani cercano le sue, i miei occhi cercano i suoi e il mio cuore non è più lo stesso.

Penso più volte di scriverle qualcosa di importante, che le faccia capire almeno un po' come mi sento. E invece no, il silenzio più totale. Non riesco a dirle niente, non riesco a pronunciare quelle due parole: "Ti perdono". E poi cosa avrei da perdonarle? È stato uno stupido bacio e io non ho alcun diritto di comportarmi così, in fondo non stiamo nemmeno insieme. Non c'è nulla da perdonare, non è successo niente. Eppure, in fondo, è già successo tutto. Matilde ha questa strana convinzione che serva chiedere scusa venti volte, come se il fatto di pronunciare la parola a oltranza possa risolvere magicamente i problemi.

A me, invece, basta una sola volta. Tutto il resto è superfluo.

26

In ufficio trascorro il tempo facendo di tutto per non pensare che da qualche parte, a Madrid, qualcuno sta fissando gli occhi di Matilde. È più forte di me, il suo pensiero nella mia testa è una distrazione a cui non riesco a metter pace.

Oggi cerco di finire il lavoro in fretta, vedere la sua scrivania vuota mi riempie d'impazienza e non fa altro che mettermi sottosopra i pensieri.

Mentre sto per uscire, Flavio mi corre dietro.

«Camilla, aspetta!»

«Che c'è?»

«È da un po' che ci penso, mi chiedevo... Ti andrebbe di uscire insieme una volta? Anche solo per un caffè...»

Ha un sorriso carico di speranza, ma io cerco di non guardarlo neanche. Non è proprio il momento giusto, questo. La mia vita sta correndo troppo veloce e io non sono pronta a un altro casino.

«Guarda, Flavio, sei molto gentile, ma non è il momento, ho davvero tantissime cose a cui pensare.»

«Va bene! Non importa. Se hai voglia, sai dove trovarmi.»

"No no" penso. "Col cavolo." Sono già troppo incasinata per permettere a un uomo di entrare nella mia vita. Anche se, lo ammetto, sentirsi apprezzati fa sempre piacere.

Una volta a casa ripenso alle parole di Flavio e mi viene voglia di raccontarlo a Matilde. Una parte di me sente la mancanza di un'amica con cui condividere questo genere di cose, l'altra parte desidera solo farla ingelosire.

Butto una mano nella borsa per cercare il cellulare e lo trovo in fondo, tra le cose dimenticate.

Tre messaggi in arrivo.

"Ciao Camilla, sono Flavio. Volevo scusarmi per prima, non vorrei passare per quello invadente. È solo che sono giorni che ti vedo assente e mi sarebbe piaciuto parlare un po'. Un abbraccio."

Penso che è molto carino, ma la mia risposta è comunque no.

Il secondo messaggio è di mia madre, mi ricorda le crocchette per Frida e mi accusa di non farmi sentire abbastanza.

L'ultimo messaggio è di Enrico, il capo. Mi ricorda che entro mercoledì ha bisogno di alcuni documenti stampati e compilati. "Devo farli firmare a Matilde appena torna" spiega.

Precipito giù dal mio quinto piano, sono in caduta libera, crollo e sbatto la faccia sul pavimento di marmo. È come se improvvisamente qualcuno mi avesse sferrato un pugno, proprio qui, all'altezza dello stomaco.

Cerco di mantenere la calma, non ho più alcuna sicurezza tra le mani. Quando Matilde mi scriveva, quando mi chiedeva scusa, mi sentivo tranquilla, era un po' come se sapessi di averla sotto controllo. Ora che so che sta tornando, che sta tornando davvero, quel controllo mi scivola tra le dita in un istante.

Prendo il telefono e digito veloce: "Oggi Flavio mi ha chiesto di uscire".

Aspetto la sua risposta per quasi un'ora, entrando e uscendo da WhatsApp, passandomi ripetutamente il telefono fra le mani.

Poi, finalmente: "Immaginavo. Gli interessi, si vede da come ti guarda...".

Un brivido mi sale lungo la schiena – lei è di nuovo qui, è qui con me, ancora una volta.

"Pensavo non mi rispondessi."

"Ho controllato poco il cellulare, è stata una giornata difficile. Tu come stai?"

"Sto bene."

"Mi fa piacere."

"Tu invece? Tra qualche giorno torni."

"Sì" scrive. Poi aggiunge: "Sei contenta?".

Rimango a fissare lo schermo, ma non rispondo.

“Va bene, allora ti lascio alla tua serata. Io adesso mi faccio una doccia e vado a cena.”

Non resisto più. “Mati… aspetta.”

“Dimmi.”

“Mi manchi.”

“Anche tu” risponde. “Non voglio perderti.”

“Torna presto…”

“Manca poco. Aspettami.”

“Ti sto aspettando dal giorno in cui sei partita.”

Cerco di non piangere, ma non ci riesco. Crollo, davanti a quello schermo piccolissimo. È inutile prendersi in giro, in questo momento lei è tutto ciò che importa per me.

“Cami, volevo chiederti una cosa.”

“Dimmi pure.”

“Ti andrebbe di venirmi a prendere in aeroporto martedì?”

“Certo, a che ora arrivi?”

“Alle 11.00.”

“Ok. Chiedo a Enrico un giorno libero.”

“Grazie.”

“Buona cena, a domani.”

“A domani.”

Sorrido nel rileggere quel piccolo scambio. Sento il cuore libero, improvvisamente tutto riprende i suoi colori naturali. Nonostante i chilometri di troppo, Matilde mi sembra vicinissima.

27

Cerco di abbellire il mio blog con poesie e pezzi d'amore. Rispondo a tutte le mail arretrate, e a ogni complimento ricevuto sento il mio cuore sorridere.

"Non so chi ci sia dietro a queste parole" mi scrive un utente, "ma non posso fare a meno della tua scrittura. Ogni volta mi sembra che tu sia in grado di leggermi dentro, mi esplode il cuore e mi sento viva."

"Cara Milla" mi scrive un'altra, "sono una ragazza di ventisette anni. Da otto mesi si è conclusa una storia durata dodici anni. Ti sembrerò banale, forse un po' bambina, ma devo dirti grazie. Grazie perché con le tue parole mi aiuti a superare un dolore che mi sta logorando corpo e anima. Scusami per il disturbo, ma ritenevo giusto scrivertelo. Ti auguro una buona giornata. G."

Inizio a rendermi conto che le mie parole stanno facendo viaggi bellissimi, e penso che è arrivato il momento di spingermi oltre. Raccolgo le frasi più belle, quelle più visualizzate, e provo a cercare nella mia testa un modo per farle uscire dal recinto del blog. Non voglio più nascondermi dietro uno schermo, voglio portare le mie parole in giro.

È così che mi ricordo dei bigliettini per strada e decido. Voglio farlo anch'io, voglio lasciare il segno. Mi piace l'idea che le persone possano spendere un attimo del loro tempo per leggere le mie parole e alleviare un po' della malinconia che si portano sulle spalle. Le persone hanno questo maledetto vizio di correre troppo velocemente, io lo vedo: quando cammino per strada hanno tutti gli stessi occhi, lo stesso sguardo, lo stesso passo troppo svelto. C'è bisogno di fermarsi, di prendersi dieci secondi per leggere parole confortevoli. E io voglio essere la svolta, voglio che le persone mettano in pausa il loro caos interiore. Voglio far capire che nessuno è solo, che da qualche parte nel mondo c'è sempre chi sta provando le nostre stesse emozioni. Voglio dar voce ai pensieri altrui, voglio essere la cura, l'inizio di una qualche strana guarigione.

Le persone hanno bisogno di sentirsi capite, hanno bisogno di sentirsi amate. E io ho bisogno di rendermi utile.

Inizio a scrivere un pensiero dopo l'altro.

Chiunque tu sia
non devi aver paura dell'amore,

ma devi saper lottare per mantenerlo vivo.
Chiunque tu sia
meriti un cuore in grado di pronunciare solo il tuo nome.

Scrivo di quanto mi manchi l'amore, quello vero, e di quanto faccia male amare per due.

Io non voglio più soffrire. Non voglio più amare per due. Voglio qualcuno che abbia paura di perdermi. Qualcuno che non si faccia troppi problemi a dirmi quello che pensa. Qualcuno con cui condividere i momenti, quelli belli e quelli più brutti: sì, perché l'amore è anche questo. L'amore è saper accettare ciò che l'altro pensa senza dover per forza creare uno scontro. L'amore è parlare di tutto senza sentirsi giudicati. L'amore non è amore solo a parole. Non accontentarti di chi ti dedica le sue migliori intenzioni ma non fa un passo per tenerti al sicuro.

Vado avanti per ore. Parlo di Matilde, ovviamente senza fare il suo nome. Scrivo della paura di fallire e di quanto l'amore per Giovanni mi abbia buttata a terra. Scrivo per me, per ricordarmi che posso farcela anche da sola, che non devo cercare costantemente conforto negli altri, soprattutto quelli a cui non frega assolutamente niente di sapere come sto.

Non sei nessuno, non sei niente se non un misero puntino in questa inutile società, che ti spezza le ali ancor prima di iniziare a volare. Ma tu non puoi permettere questo, tu devi essere più forte. Nel momento in cui ti puntano il dito contro dicendo: «Non puoi», non sprecare le tue forze con le chiacchiere. Agisci, invece, e fai vedere tutto ciò che sei realmente.

Scrivo quasi senza pensare, raccontando semplicemente tutto ciò che mi passa per la testa. Resto attaccata allo schermo per ore.

Chissà se a noi ci pensi ancora. Vorrei conoscerli, i tuoi pensieri. Vorrei guardarti mentre con occhio attento leggi le etichette dei tuoi vini preferiti. Vorrei raccontarti dei miei viaggi, delle opportunità che mi sono persa in tutto questo tempo, da quando te ne sei andato. Vorrei che ascoltassi le mie parole, vorrei che capissi che non provo rabbia, tristezza, rancore o malinconia.
Adesso sto bene. Di un bene che non ti so spiegare, ma è così. È un bene che non ha il tuo nome e questo significa tanto. È un bene che sa di me, che sa di tutte le cose che mi piacciono. Ecco perché adesso mi piaccio anche io. Adesso che mi guardo posso dire di piacermi, sì, mi piaccio perché sto bene e sto bene perché mi piaccio. Lo so che è un gioco di parole, ma quando sei andato via da me ho sofferto tanto, ho buttato per aria tutte le mie convinzioni e ho lasciato che la paura si impossessasse della mia carne. Ho sempre pensato

che l'amore fosse così, come il nostro, probabilmente perché l'amore non sapevo ancora bene cosa fosse.
Ci accontentiamo nella vita, lasciamo agli altri la possibilità di distruggerci, di portarsi via un pezzo di noi, se non tutto. Quando viviamo per qualcuno, quando proviamo in tutti i modi a dare noi stessi a qualcuno e improvvisamente questa persona va via, ecco che si cade, si sprofonda, ci si lascia andare.
Io ho fatto così. Per mesi ho chiuso il mio cuore, per mesi ho aspettato un tuo ritorno. Per mesi ho continuato a mettere prima te di me. Ma adesso lo so che non tornerai, che non ci saranno più le stesse cose di prima. Adesso so che il nostro era amore, ma ogni amore è diverso, ogni amore ha le sue sfumature.
Tu sapevi di un amore blu come il mare, come il cielo.
Mi sentivo infinita, con te.

Quando penso a Giovanni non sono triste, ma consapevole. So bene di aver fatto tanto, forse tutto. Non ho rimpianti di alcun tipo, ma ci sono tante cose che vorrei dirgli, così tante che ho deciso di scriverle, di scriverle in una lunga lettera che probabilmente non arriverà mai a destinazione.

Cerco di sistemare i pensieri, di capire da che punto partire. A volte mi sembra che questa lunga storia d'amore sia stata solo frutto della mia testa, delle mie fantasie, qualcosa che a tratti mi è parso di vivere in maniera monodirezionale.

E quanto può risultare sbagliato amare chi in realtà non ti ama più?

Caro Giovanni,
ti scrivo questa lettera non per rimproverarti di qualcosa che non hai fatto ma perché, con il tempo, mi sono resa conto che ho ancora addosso la tua assenza e vorrei liberarmi di tutto quello che ti riguarda. Non mi interessa sapere come stai, cosa fai, se hai cambiato lavoro e città, non voglio sapere niente di te e della tua vita. Voglio però ringraziarti per tutti questi anni e per tutto l'amore che siamo riusciti a portare avanti. Molte volte abbiamo avuto paura di guardarci negli occhi, altrettante abbiamo permesso ai silenzi di essere più forti di noi, di prendere il sopravvento sul nostro cuore. Ma non te ne faccio una colpa, non posso fartene una colpa perché ora so per certo che è stata colpa di entrambi. Non ho saputo ascoltare i tuoi silenzi e tu non sei riuscito a comprendere i miei bisogni. C'erano dettagli che non guardavamo più. Eravamo due, quando avremmo dovuto essere una cosa sola. Ma ti ringrazio, ti ringrazio per le cose belle, per i momenti difficili che insieme abbiamo superato. Non provo odio, è andata come doveva andare. Il nostro destino era scritto da qualche parte e non abbiamo fatto niente per cambiarlo, siamo rimasti lì inermi, a sperare che le cose andassero per il verso giusto, ma non abbiamo lottato, non ci siamo sforzati, abbiamo accettato una

sconfitta e abbiamo scelto di perderci, consapevoli che questa volta non saremmo più tornati.
Ti perdono, ti perdono per tutto e spero che anche tu possa fare lo stesso con me.
Lo so che forse questa lettera non ti arriverà mai, ma dovevo chiudere questo capitolo della mia vita e ho scelto di farlo così, scrivendo ancora una volta di te, di noi e di tutto quello che abbiamo smesso di essere.
Camilla

Adesso sto bene. Avevo bisogno di dire a Giovanni che l'ho perdonato e ora, dopo tutti questi mesi, sento di esserci riuscita. Adesso basta, lui non fa più parte di me.

L'amore è qualcosa che non spieghi.
Per essere felice devi amare,
devi amare qualcuno che ti ami e che ti ami forte.
Quindi lasciatevi amare, spogliatevi delle vostre paure
e dei vostri dubbi. Per una volta, deponete le armi.
E chissenefrega se siete stati delusi, se vi hanno feriti,
se qualcuno si è preso gioco di voi.
Imparate che questa è la vita, e questa vita va vissuta
al meglio, nonostante tutto.

28

"Sono felice che vieni a prendermi."

"Per così poco?"

"Non ti vedo da due settimane, Cami. Certo che lo sono!"

"Anche io lo sono."

"Sei ancora arrabbiata?"

"Non lo so, c'è qualcosa che mi mette paura... dobbiamo parlarne."

"Hai ragione. Però posso dirti una cosa?"

"Dimmi."

"So che ho sbagliato, ma non volevo nasconderti nulla. Avrei potuto, ma ho scelto di non farlo."

"A volte è meglio non sapere."

"E se per caso l'avessi scoperto più avanti?"

"Lo so, Matilde... ma mettiti nei miei panni."

"Sei troppo importante per me, Cami. Non voglio che tra noi ci siano segreti. Dovresti apprezzare la mia sincerità."

"Non dirmi cosa dovrei e cosa non dovrei fare. Sapevi che mi avresti ferito, potevi pensarci prima, no?"

"Ok. Lo so."

"Ma d'altra parte non siamo fidanzate, non so neanch'io cosa siamo. Non sono nessuno per dirti certe cose e mi dispiace di averla presa in quel modo..."

"Anche per me è difficile. Non so cosa ci sta succedendo. Non eri nei miei piani, questo è certo... Non sei l'unica a essere confusa."

"Adesso vado a dormire, è tardi. Domani lavoro. So che tu a Madrid ti diverti, ma io sono qui nella vita vera."

"Ti prego, smettila di parlarmi in questo modo. Non ho ucciso nessuno, in fondo."

"Non capisci. Ciao."

"... Ciao."

Vado a dormire piena di pensieri. Il comportamento di Matilde mi lascia ogni volta una sensazione strana addosso. Non riesco a far finta di niente, non riesco a farmela passare.

È tardi e ho bisogno di chiudere gli occhi, anche solo per qualche ora. E come ogni sera, quando poso la testa sul cuscino non faccio che pensare a Matilde. Il mio cuore è nervoso, ma mi piace addormentarmi con lei in testa. L'amore è l'ultima persona a cui pensi prima di addormentarti e la prima che ti viene in mente quando al mattino apri gli occhi. Io Matilde ce l'ho sempre addosso, qualsiasi cosa faccia. Anche questo è amore?

Al mattino, mi alzo di scatto dal letto e, mentre faccio colazione, mi viene voglia di chiamare mia madre. Scavo nella mia mente per ricordare il suo numero, è da un po' che non lo compongo. I dettagli sfumano, c'è poco da fare. Le cose che prima risultavano importanti all'improvviso perdono i loro contorni. Succede anche con le persone. Mi rendo conto di quanto sia difficile mantenere vivi i ricordi, vederli ancora nel pieno dei loro particolari. Per quanto mi sforzi per trattenerle, le cose spesso vanno perdute. È così strano, a pensarci: perdiamo un'infinità di tempo a discutere su cose che prima o poi non ricorderemo neanche.

Compongo il numero di mia mamma e aspetto silenziosamente di sentire la sua voce.

Uno squillo, due, tre, quattro...

«Ciao, Milla. È successo qualcosa?»

«Ciao, mamma. No, non è successo niente, perché?»

«Sono le sette del mattino, mi sono spaventata.»

«Stavi dormendo?»

«Ero in giardino che facevo colazione con Frida.»

«Come state? Frida si comporta bene?»

«Sta benone, è proprio un bravo cane. Quando vieni a trovarci?»

«Questa settimana non riesco, ma la prossima sicuramente farò una scappata.»

«Ci manchi, Camilla. Vero, Frida?»

Sorrido. Capisco che tra loro si è già creato un rapporto speciale.

«Sono contenta di sentirvi...» dico, con un filo di nostalgia nella voce.

«Tu come stai, tesoro? Dimmi la verità.»

«Sto bene, mamma, ne ho superate di peggiori. Stai tranquilla! Dài, adesso scappo al lavoro, è una bella giornata!»

«Va bene, cucciola.»

«Mamma, ho trentacinque anni!»

«Lo so! Ma per me resti sempre la mia cucciola.»

«Mi raccomando, se hai bisogno di qualcosa chiamami.»

«Anche tu, vieni a trovarci! Buona giornata.»

«Anche a voi. Ciao, mamma, dai un bacio a Frida.»

Mentre la saluto, non riesco a scrollarmi di dosso la malinconia. È passata solo una settimana, ma adesso più che mai avrei tanta voglia di rintanarmi in giardino con loro, lontano da tutti questi pensieri. Poi mi riscuoto: mi vesto in fretta, prendo la borsa e volo giù per le scale.

Non voglio saperne niente del mondo, voglio solo correre il rischio di essere felice.

Nonostante abbia appena fatto colazione ho voglia di un buon espresso, così mi infilo nella solita caffetteria vicino all'ufficio. Sbircio tra i tavolini, ma di Ginevra nemmeno l'ombra.

Penso che forse le lezioni sono terminate. Aspetto per quasi dieci minuti, ma niente. Decido di lasciare un bigliettino sul suo tavolo preferito, per lei o per chiunque scelga di sedersi lì dopo il mio arrivederci.

Chiunque tu sia
ho deciso di farti un regalo
ma promettimi che non andrai di fretta
che gusterai questo caffè con amore,
promettimi di sorridere
e di essere felice
a ogni costo.
Milla

P.S. Il caffè è pagato.

Lascio un caffè sospeso, un piccolo gesto d'amore. Un caffè e una poesia, un grido alla vita: "Promettimi di essere felice a ogni costo. Lascia che queste parole ti rimbombino in testa: 'Devo essere felice, a ogni costo'".

Visto che è ancora presto, quando lascio la caffetteria decido di fare un giro al parco. Il mio ufficio si trova vicino al Parco del Valentino, uno dei miei posti preferiti in assoluto, e oggi, con il sole alto, il sapore del caffè ancora in bocca e qualche pensiero positivo nella testa, sono felice di poter sorridere di nuovo.

Cerco una panchina comoda un po' in disparte, per mettermi a scrivere in tranquillità. Non basta il bigliettino al bar, voglio lasciare bigliettini ovunque, voglio spargere le mie parole come mollichine di pane lungo il cammino.

Dalla panchina passo alle aiuole fiorite, ai muri che delimitano il Borgo Medievale, alle canoe accatastate sulla riva del fiume. Esco dal parco e arrivo alle fermate dei tram, ai portoni, ai vasi di gerani appesi alle finestre più basse. Adoro l'idea che qualcuno, in attesa del suo destino, possa fermarsi un momento, fare un bel respiro e leggere le mie parole.

Qual è stata l'ultima cosa che hai fatto per amore?
Ti ricordi l'ultima volta che sei tornato a casa regalando un fiore alla persona che amavi?
Ti ricordi quando le hai dato l'ultimo bacio prima di uscire per andare al lavoro?
Ti ricordi quando le hai fatto i complimenti per la sua acconciatura, o per la bellezza delle sue curve?
Quand'è stata l'ultima volta che le hai fatto una sorpresa e le hai detto: «Ti amo»?
Ti ricordi quand'è stata l'ultima volta che le hai dato attenzioni senza che lei ti chiedesse qualcosa? Senza che lei ti facesse notare il tuo disinteresse?
Pensi che il tempo abbia cambiato le cose, ma in realtà le cose cambiano perché siamo noi a farle cambiare. Siamo noi a lasciare che la monotonia prenda il sopravento. Siamo noi che lasciamo tutto al caso.
Ma l'amore non è questo. L'amore è un fuoco che ogni giorno ha bisogno di essere tenuto acceso.
Se per caso non ricordi l'ultima volta che hai fatto tutte queste cose, be', sappi che quella donna non te la meriti.

29

Bastano una penna, un foglio e un pezzo di nastro adesivo. Non mi importa se il vento staccherà le mie parole e le trascinerà lontano, ciò che importa è farle arrivare ovunque. Qualcuno potrebbe anche calpestarle o saltarci sopra, ma questo fa parte del gioco: io ho bisogno di arrivare nel cuore delle persone, e mi basta un solo cuore per sapere di aver fatto centro.

Mentre tappezzo di pensieri le pensiline, e i pali della luce e i muri delle case, sto ben attenta che attorno a me non ci sia qualcuno in grado di riconoscermi. L'anonimato è l'unica regola, per il resto lascio tutto al caso. Non ho schemi mentali da rispettare, mi basta scrivere, scrivere tutto ciò che in questo preciso istante mi passa per la testa.

Lascio cuori di carta sui tavolini dei bar, sopra le finestre, sotto i portici. Scrivo tutte le frasi d'amore che io vorrei sentirmi dire. Poi ripercorro la strada a ritroso, per raggiungere l'ufficio, e passando davanti ai posti che ho già "marchiato" mi accorgo che non sempre le mie parole sono ancora lì. Magari il vento le ha spazzate via, o qualcuno ha pensato di rubare un cuore e portarselo a casa. Io l'avrei fatto. Io le avrei prese, le parole di uno sconosciuto, e le avrei custodite nel portafoglio. Avrei accettato l'amore di qualcuno che non sapevo nemmeno che faccia avesse, ma che per qualche strana coincidenza era stato in grado di arrivare dritto dentro di me. Mi piace innamorarmi a caso, di persone sconosciute. E, ancora di più, mi piace pensare che oggi qualche sconosciuto si sia accorto della mia presenza nel mondo, che l'abbia sentita, e che un poco se ne sia innamorato. Non è importante essere letti da molti, l'importante è fare rumore all'interno di un cuore.

A chi lascia
ma anche a chi è stato lasciato.
Agli amori che non hanno sapore
e a quelli a cui bastano due labbra
per sentirsi a casa.
Alle persone sole
a chi non riesce a rialzarsi,
ai fidanzati che tradiscono
e alle persone tradite.
All'anima gemella
e al colpo di fulmine,
a chi ama profondamente
ma non è ricambiato.
A chi piange
a chi urla
a chi pensa di non farcela
e a chi, invece, ce la fa sempre.

Agli innamorati
che non smettono mai di baciarsi
e alle partenze
quelle che lasciano mani tremanti
ma trovano cuori forti.
A chi porta avanti i propri ideali,
a chi non giudica
a chi rispetta
a chi non importa che tu
sia bianco, nero o giallo,
a chi ti crede
a chi ti ama a prescindere
dal tuo orientamento sessuale.
A chi non conosce distinzione
a chi ha paura di fallire
a chi ha già fallito.
A chi abbatte i muri
piuttosto che sorreggerli.
A chi ci sta accanto nonostante tutto.
A chi cade,
a chi si rialza
a chi ce la fa sempre.
Agli amori lunghi
e a quelli di una notte.
A chi bacia di nascosto
a chi le mani le stringe e non le alza.
A chi per colpa di un amore finito
ha smesso di inseguire i propri sogni,

a chi nei sogni ci crede e non smette di sperare.
A chi si ubriaca di vita
e a chi si innamora di un libro.
A chi non ha barriere,
a chi si lascia andare,
a chi rischia e rischia forte.
A chi ci mette il cuore nonostante tutto.

30

In ufficio, cerco di rimanere con i piedi per terra. Mancano pochi giorni al ritorno di Matilde e io non mi sento pronta, non so come reagirò quando i miei occhi incontreranno di nuovo i suoi. Questa incertezza mi spaventa: sono sempre stata una persona che ha bisogno di avere tutto sotto controllo, preparo schede e programmi per ogni cosa, dalle bollette arretrate alle vacanze estive. Matilde è entrata nella mia vita e l'ha sconvolta. Non era nei piani e non mi ha lasciato nemmeno il tempo di schedarla perché, semplicemente, nel giro di pochi giorni ha catapultato il mio cuore in un'altra dimensione.

Inizio a sentire addosso il peso delle cose non dette e delle paure mai confidate: ho paura, per esempio, di non essere in grado di confrontarmi con una realtà completamente diversa da quella che ho vissuto fino a quel momento. Una realtà in cui una ragazza mi fa esplodere il cuore.

Voglio solo qualcuno in grado di amarmi, di amarmi follemente, di darmi tutto quello che io sono in grado di dare. Ho bisogno di qualcuno che ci metta un pizzico di coraggio, perché stare accanto a un cuore come il mio non è mai stato facile. Ho bisogno, come tutti, di un paio di occhi in cui perdermi ogni giorno, ho bisogno di mani da tenere strette e sorrisi da baciare fino a perdermici dentro. È questo ciò che voglio, è questo che mi fa sentire importante, che mi rende felice. Ma, quando ci penso, accanto a me immagino solo una persona.

Mando un messaggio a Matilde.

"Stai bene?"

"Ciao anche a te! Sì, sto bene, e tu?"

"Sto bene anche io."

"Avevi voglia di sentirmi?"

"Avevo voglia di parlarti."

"Dimmi."

"Ci sono cose che non so tenermi, forse dovrei aspettare il tuo ritorno ma non so... Matilde, io ho paura."

"Di me?"

"Ho paura che sia tutto un grandissimo errore."

"L'errore più grande che puoi fare è rinunciare a qualcosa che ti fa stare bene."

"Non farmi la morale. Tu non sai come mi sento."

"Hai paura di viverti al meglio questa cosa. E, lascia che te lo dica, lasciarsi condizionare in questo modo dalla paura è una grandissima stronzata."

"Perché?"

"Sai cosa, Camilla? Fai quello che vuoi. Tanto quello che faccio io non serve a niente."

"Ma scusa..."

"Non ci sono ma. Se dev'essere così, allora vattene."

Non faccio in tempo a rispondere, nemmeno so cosa rispondere, a dire il vero. Qualcosa dentro di me sta andando da un'altra parte. Mi sento arrabbiata e non capita, anche se so che Matilde, dal canto suo, ha ragione: non posso privarmi di qualcosa che mi fa stare bene solo per paura di sbagliare.

Decido di prendermi del tempo e di passare la serata in maniera diversa. Alle sette, quando esco dall'ufficio, vado a cena fuori. Mi concedo una serata tutta per me in un ristorante giapponese molto elegante.

Una volta seduta, non posso fare a meno di notare gli altri clienti che mi fissano curiosi. Di sicuro penseranno: "Ma cosa ci fa questa disgraziata a cena da sola?". Come se per mangiare ci fosse bisogno di un sostegno o di qualcuno che ti imbocchi. Io me ne frego e ceno tranquilla, mi gusto il mio chirashi e la mia zuppa di miso e, quando mi alzo per pagare il conto, passo davanti alle persone che mi hanno fissato per tutto il tempo e rivolgo loro un occhiolino. Poi me ne vado, soddisfatta delle mie scelte. Sinceramente non ci vedo niente di triste, anzi, provo una certa serenità nel fare le cose in compagnia di me stessa.

Sei come il coraggio,
quello che non ti manca mai.
Quello che ritrovi ogni giorno
quando le tue gambe lasciano il letto.
Sei bella come le cose non dette a tutti,
come le cose che restano silenziose nei nostri cuori
e che vengono fuori con il tempo,
grazie ai nostri occhi.
Sei il tempo che vorrei investire,
che vorrei non perdere mai.
Sulla tua schiena c'è tutta la luce del mondo.
I tuoi nei, uniti, formano bellissime atmosfere.

31

Io non sono quello che pensano gli altri. Gli altri non mi conoscono abbastanza per poter parlare di me. Ho sempre odiato l'abitudine di parlare senza conoscere, di giudicare le scelte altrui senza saperne i motivi. Che diritto ha la gente di valutarti negativamente quando non ha la più pallida idea di cosa ti passa per la testa? Me lo chiedo spesso, ma arrivo sempre alla conclusione che gli altri non sono nessuno e che devo pensare alla mia vita e alle mie scelte, che devo stare bene io. E io sto bene quando non do troppe spiegazioni, quando a qualcuno basta guardarmi negli occhi per capire il senso dei miei silenzi.

Ci sono persone a cui non serve niente per capirti, io ho bisogno di quelle persone. Ho bisogno di una mano da stringere, di occhi da guardare, di labbra da baciare senza dover sentire addosso la necessità di dare spiegazioni. Non voglio spiegare, voglio vivere di emozioni fortissime.

Voglio essere folle insieme a qualcuno. Insieme a lei.

L'amore non basta, l'amore da solo è inutile.
C'è bisogno di qualcuno
che l'amore abbia voglia di farlo,
di qualcuno che abbia voglia di costruire,
di condividere. Perché puoi amare follemente,
puoi amare quanto vuoi, ma se l'amore
non viene curato, se viene lasciato andare,
allora non serve. L'amore ha bisogno di mani forti,
di spalle larghe, di cuori in grado di lottare.
Ci vuole coraggio per amare qualcuno.
Ci vuole coraggio anche per lasciarsi amare.

32

Senza Matilde sento le ore vuote, sento che tutto scorre lento, senza un vero e proprio motivo. Quando ami qualcuno, quando provi determinate cose, quando il tuo cuore vuole solo una persona, tutto diventa meraviglioso. Di colpo vivi ogni cosa in maniera differente, perché l'amore ti riempie la giornata, la vita, i secondi che passi nell'attesa di un messaggio o quelli prima di vedere un suo sorriso.

È così bella, Matilde. Quando penso a lei mi viene voglia di fare l'amore – e pensare che non l'abbiamo mai fatto. Io sì, nella mia testa e nei miei sogni… ma chissà come sarebbe farlo per davvero. Chissà com'è lei, chissà se è una di quelle a cui la luce piace spenta o se le piace spogliarsi con un paio di occhi addosso, chissà… Non ci siamo nemmeno mai baciate, eppure io continuo a sognare, mi faccio dei film che nemmeno al cinema, la immagino calda tra le mie braccia, nuda, con solo le mie mani addosso... Io con lei l'amore lo faccio tutti i giorni, e tutti i giorni è meraviglioso.

Matilde è una di poche parole, la rimprovero spesso per questo. I silenzi sono bellissimi, con lei, ma a volte potrebbe sforzarsi di continuare una conversazione. Potrebbe inventarsi parole nuove, farmi qualche domanda, potrebbe parlarmi delle sue cose preferite, dei suoi giornali o dei libri che spesso inizia e finisce in meno di due giorni. Quante volte gliel'ho visto fare, al lavoro: sbrigava le sue cose a una velocità sorprendente, poi, appena aveva un'ora buca, te la ritrovavi con un libro nuovo tra le mani. Non mi stancherò mai di dirlo: in amore sono i dettagli a fare la differenza. Lei con il naso tra le pagine e i capelli lucidi spostati di lato. Lei che sorride davanti alle persone che non conosce, per poi girarsi verso di me e dire: «Salutava te, perché io non lo conosco». Il suo sguardo puntato addosso sempre, anche adesso che non è qui con me. Matilde mi ha conquistata, mi ha inebriata con i suoi modi di fare, con le sue curve flessuose e l'atteggiamento un po' goffo da "camionista venuto male", come le piace definirsi. Sa essere bella sempre, anche con i suoi silenzi. Soprattutto con i suoi silenzi. Perché lei è una che prima di parlare osserva, ti osserva così bene che poi, se non le piaci, non ti dice nemmeno "ciao".

Attorcigliami il cuore con le tue dita sottili,
fammi sentire la leggerezza delle nuvole
quando, guardandole, torni bambina.

33

Devo fare a pugni con i minuti e le ore, che sembrano non passare mai. Ogni attimo, lontano da lei, sembra infinito, e io sono stanca di aspettare, sono stanca di attendere. Sono stanca anche di guardare lo schermo del cellulare in attesa di un suo messaggio. Mi sento messa da parte, e questa sensazione mi rende più fragile di quanto già non sia. L'idea che qualcuno possa mettermi in un angolo mi fa male. Non mi piace essere al secondo posto, non mi piace pensare che qualcuno abbia il potere di lasciarmi lì così, in bilico.

Fa davvero schifo sentirsi al secondo posto. Come quando ti dicono: «Sì, sei brava, ma purtroppo non possiamo premiarti come meriti, perché Tizio è arrivato prima di te». O quando vai dal tabacchino e quello davanti a te compra il biglietto vincente del gratta e vinci.

A tratti con Matilde mi sento così: inadeguata. Ma,

nonostante questo, mi manca tremendamente, mi manca davvero tanto. Tutte le volte in cui mi ritrovo da sola ad aspettare i suoi messaggi, mi ripeto che posso fare a meno di lei, che posso stare bene anche da sola, che non ho bisogno di niente… Poi il suo pensiero mi si affaccia in testa, ed ecco che tutto prende una piega diversa.

Il mio cuore parla di te
anche quando la voce non esce.
Ti sento negli angoli di una casa silenziosa,
fra tutte quelle cose che non riesco a dire.
Vedo i tuoi occhi farsi spazio tra la gente,
ma tu non ci sei.
Mi perdo a cercarti anche quando so
di non poterti trovare.
Sento nell'aria il tuo profumo,
ma non sei tu a indossarlo.

34

I giorni passano lenti e le mie parole si soffermano su occhi sconosciuti.

I giorni passano, e io ritorno sul luogo del delitto, nelle strade e sotto le pensiline che ho tappezzato con i pezzi del mio cuore.

Una mattina, senza aspettarmelo, resto sorpresa a leggere qualcosa di nuovo: qualcuno ha risposto ai miei biglietti.

Improvvisamente mi sento invadere da una sensazione sconosciuta e calda: felicità, quella vera, quella tutta mia. Qualcuno si è accorto che in questo mondo ci sono anche io, io che do sempre spazio a tutti, che mi preoccupo sempre per i sorrisi altrui. Io che ho scelto di regalare parole per far sentire le persone meno sole.

Attaccata sotto il mio bigliettino, trovo una risposta:

A te che lasci parole d'amore
a chi corre per queste strade
affollate di tristezza e malinconia.
A te che guardi il mondo con occhi diversi,
che ti piace donare il tuo tempo.
A te, a me e a tutti quelli che
leggendoci
sorrideranno.

Me ne resto là davanti, con la bocca spalancata. Chi si è preso la briga di farmi sorridere? Chi ha scelto di usare il suo tempo per rispondere a una sconosciuta? Cosa gli avranno lasciato le mie parole, per spingerlo a rispondere in quel modo?

In cuffia passa *Anche fragile* di Elisa: "Non ti fidare / sai quando ti dico che va tutto bene così / e perdonami, sono forte, sì / ma poi sono anche fragile. / Non serve niente di particolare / solo tornare a pensare che tutto è bello e speciale"...

Che faccio? Rispondo o lascio correre? È tutto nuovo per me, sento addosso una forte scarica di adrenalina, mi sento bene, sto bene. Sono felice, perché qualcuno ha pensato a me, perché qualcuno ha donato il suo tempo per i miei sorrisi. Felice perché le mie parole sono arrivate, perché qualcuno ha deciso di fermarsi, di leggere e anche di rispondere.

La sera mando un messaggio a Matilde per raccontarle questa piccola magia, ma la sua reazione è tiepida e mi lascia con l'amaro in bocca. Mi dico che forse è stanca, che il lavoro è davvero pesante, e mi ripeto che manca ormai pochissimo al suo ritorno. Le auguro la buonanotte e provo a dormire, senza successo. Mi butto a capofitto tra i miei pensieri, passo i ricordi in rassegna come diapositive, avvertendo ogni volta una piccola scarica elettrica al cuore: è lì che tengo tutti gli sguardi, tutti i momenti in cui mi sono sentita felice, ma nell'ultimo periodo, con Matilde lontana, è come se mi fossi dimenticata di aggiornarlo.

Mi soffermo a esaminare le mie sensazioni, ciò che mi resta addosso. Vorrei dare una forma ai miei pensieri, ma più mi concentro e più la stanchezza, piano piano, si impadronisce di me.

Chiudo gli occhi e, poco dopo, mi addormento.

35

Il giorno seguente mi sveglio con il pensiero di voler conoscere chi si è preso la briga di farmi sorridere.

Ritorno sul posto, alla fermata del tram, e ritrovo tutto, le mie parole e le sue, scritte con una penna blu. Mi piace quella calligrafia. Mi piace osservare la lunghezza e la forma delle lettere, mi perdo tra gli spazi che precedono le parole lunghe e mi ci soffermo con un gran senso di calma.

Voglio vedere se dall'altra parte c'è una persona sveglia. Mi intriga l'idea di lasciare un biglietto nello stesso posto ma in un punto diverso, come per spostare l'asticella un po' più in là. Chissà se anche questa volta riceverò una risposta.

Quando l'amore finisce
uno è completamente fuori dalla storia
e l'altro c'è ancora dentro

con tutte le scarpe
e con tutti i vestiti
e con tutti gli organi interni
e con tutti i respiri
e con tutti i battiti.

Decido di non firmarmi. Prendo del nastro adesivo e attacco le mie parole sulla pensilina, accanto agli orari dei tram.

Corro via e lascio un sorriso ai primi occhi che mi capitano davanti.

36

Quando arrivo in ufficio, non ho nemmeno il tempo di sedermi che il telefono inizia a vibrare: Matilde. Che stranezza, stamattina non ho quasi pensato a lei, ero così presa dalla storia dei biglietti che non mi sono nemmeno ricordata che domani è il gran giorno, quello del suo ritorno.

«Buongiorno» mi dice. Dio, mi sembra di non sentire la sua voce da un secolo.

«Ehi... buongiorno a te!»

«Allora, coraggio. Spiegami per bene questa storia dei bigliettini! Ieri ero stanchissima, ma adesso sono tutta orecchi.»

«Ma sì, niente di particolare...» comincio, imbarazzata. «Ti ho detto che ho iniziato ad attaccare poesie e pensieri per strada, no? Ecco, ieri una persona mi ha risposto.»

«In che senso ti ha risposto?»

«So che detta così sembra quasi che abbia pubblicato un annuncio… ma in realtà, semplicemente, io ho scritto una poesia e lei, o lui, ha risposto attaccandone un'altra.»

«E cos'ha risposto? Cos'hai scritto?»

«Be', adesso non mi ricordo bene le parole, però ha risposto… e questo significa tanto, non trovi? Qualcuno mi ha letto e ha scelto di dedicarmi il suo tempo. Secondo me è una cosa bellissima!»

«Sono contenta per te» dice Matilde, ma ancora una volta nella sua voce non percepisco l'entusiasmo che vorrei sentire.

«Grazie… Sei sicura di stare bene?»

«Certo. Sono stanca, tutto qua. Non vedo l'ora di tornare a casa…»

«Hai già preparato la valigia?»

«Sì, diciamo che devo finire di sistemare tutto.»

«Quindi alle undici?»

«Sì… Ma se non puoi venire stai tranquilla, torno in taxi.»

«Ma no, ci mancherebbe.»

Un brivido di malinconia mi accarezza il volto. Domani Matilde tornerà, e l'idea di rivederla all'improvviso mi mette addosso una strana elettricità. Non vedo l'ora, al momento questa è l'unica cosa che conta. Mi manca, mi manca davvero tanto.

«Torno al lavoro, Mati. Ci sentiamo più tardi, che ne dici?»

«*Yes!* Buon lavoro.»

«Un bacio.»

«Facciamo due» mi sussurra.

Il mio cuore fa una capriola. «Due?»

«Due baci. Oppure tre, come per i tatuaggi: i numeri pari portano male.»

«Sì, facciamo tre» rispondo, con le guance infuocate. Poi decido di rischiare: «Oppure puoi continuare fino a quando non ti stanchi… Non mi dispiacerebbe, sai?».

«Nemmeno a me» risponde lei, con tono sicuro.

Sorrido di gusto.

Questa è la Matilde che conosco. Questa è la Matilde che mi manca.

«Non pensarmi troppo…» la provoco. «A dopo.»

«Tu pensami, invece, che sei bellissima quando lo fai. Bacio.»

Sospiro.

«Ciao, Mati. Bacio.»

Ci sono momenti difficili per tutti,
e questo è proprio uno di quei momenti.
Non so, ma vorrei scappare, vorrei correre via,
lontano da tutto e da tutti. Vorrei lasciare questo
mondo, questa città, questo nome e vorrei ricominciare
una nuova vita senza dar peso ai silenzi,
agli amori finiti, alla malinconia del mio cuore quando,
ogni notte, si ritrova da solo. Vorrei non sentire,
ogni volta che i miei piedi varcano la soglia di casa,
la paura di uscire allo scoperto, di non avere
più la mia protezione.
Vorrei l'amore, vivere spensierata,
ridere a crepapelle, sognare finali bellissimi
e non dire niente per scaramanzia.
Vorrei che i desideri si avverassero
e che le mani si stringessero. Vorrei riempire il vuoto
tra le dita, e vorrei che a farlo fossi tu.

Vorrei essere in grado di cadere, di ricominciare,
di far tesoro di tutti i momenti difficili.
Vorrei un cuore nuovo, non danneggiato, non usato.
Vorrei ricevere abbracci al mio compleanno,
vorrei un prato, una chitarra, un cielo stellato.
E vorrei anche te, con una birra da 33 cl.
Vorrei ubriacarmi con le tue risate, fra le tue lentiggini,
e vorrei scivolare fra i tuoi capelli, accarezzare
i tuoi desideri, farmi posto tra i tuoi sogni.
Vorrei stringere le tue spalle, asciugare
le tue lacrime, baciarti con il sapore del sale.
Vorrei regalarti anni di serenità,
e poi qualche mazzo di fiori, dei tulipani bianchi
o dei girasoli. Le rose no, sono troppo comuni,
e tu non sei comune, tu sei diversa e per descriverti
non esistono paragoni.
Vorrei farti leggere le mie parole,
quelle che non conosci,
quelle che non dico ma che scrivo
per tenerle strette al cuore nei momenti difficili.
Vorrei ascoltarti mentre respiri e guardarti
quando stringi forte le palpebre. Vorrei dirti
che sono qui, ma ti lascio riposare,
te lo voglio sussurrare nei sogni.
"Amore mio".

37

Quando torno davanti a quella pensilina, cerco di avvicinarmi senza dare troppo nell'occhio. Resto sorpresa nel vedere che c'è già un'altra risposta. Provo a ricordare la grafia di quella precedente, e non c'è alcun dubbio: si tratta della stessa persona.

Non so cosa spinga gli altri a rispondermi, ma so quello che ho sentito io nell'iniziare questo percorso: avevo una paura folle di non essere capita. Invece, in pochissimi giorni, tutte le risposte sono arrivate. Qualcuno sta spendendo il suo tempo per me, e io gli sono così grata che non so come ricambiare.

La nuova risposta recita queste parole:

Quando una storia finisce
è perché manca l'amore,
quell'amore che in pochi conoscono davvero.
Ma la cosa positiva

è ciò che arriverà dopo.
Ogni storia finita lascia spazio a qualcosa di più bello, non credi?

Resto fissa su quelle parole: "Ogni storia finita lascia spazio a qualcosa di più bello". Non so se in questo momento posso dirmi d'accordo, non riesco a mettere a fuoco la valanga di pensieri che mi si è rovesciata in testa.

In realtà, a essere sinceri, quando qualcosa finisce spesso lascia spazio a qualcosa di ancora più brutto... Ma poi quel brutto finisce di nuovo, ed ecco arrivare uno spiraglio di luce.

Non ci penso due volte, tiro fuori dalla borsa la mia penna preferita e occupo lo spazio bianco del biglietto:

In realtà non lo so, vorrei approfondire. Che ne dici?

P.S. Mi sento in dovere di ringraziarti. Ringrazio te, una persona sconosciuta, perché hai deciso di donarmi il suo tempo. Ti ringrazio perché adesso mi sento un po' speciale.

Me ne vado con la speranza di ritrovare una risposta, e torno a casa con addosso un profumo strano, malinconia mista a felicità.

Apro la porta d'ingresso e mi spoglio del superfluo. Il bagno è sempre la mia meta preferita, il posto in cui depongo le armi, dove i pensieri diventano dolci, dove le battaglie interne trovano sempre una strana vittoria, dove le paure si trasformano in cartapesta.

Attacco la musica, mi verso un calice di vino e tolgo via i vestiti, gli addobbi alle braccia, gli orecchini, le maschere, i turbamenti, le paure, le certezze che a contatto con l'acqua diventano fragili, scorrono via come sabbia tra le mani.

Poso sul bicchiere le labbra ancora sporche di rossetto, chiudo gli occhi e lascio che il mio corpo scivoli altrove. Non mi interessa di niente, voglio solo evadere dalla mia dimensione, voglio che la mia anima voli lontano, il più lontano possibile.

Penso alle occasioni perse, alle parole che mi sono tenuta stretta per paura di pronunciarle. Penso agli addii che scattano nella mente quando le cose non vanno più bene. Penso alla paura di dover ricominciare e alla forza che ho nell'affrontare quotidianamente una vita che non ero più abituata a vivere. Penso ai sorrisi dei passanti che mi fanno bene al cuore. Penso alle notti trascorse a guardare il cielo con la speranza che una mano toccasse la mia. Penso ai rifiuti della mia adolescenza, ai "no" di mia madre che non riuscivo a capire. E penso ai sì, quelli dolci e quelli dettati dallo sfinimento.

Penso al volto della persona che risponde ai miei biglietti, provo a immaginarmela ma, ogni volta che nella mia mente delineo le sue forme, ecco che il pensiero si sposta su Matilde. È come se una parte di me non volesse vedere che cosa si nasconde dietro quelle parole. Mi sento legata a Matilde, mi sembra di farle un torto fantasticando su qualcun altro… eppure non sto commettendo alcun errore, non sto facendo niente di male.

Il senso di colpa momentaneo mi fa riaprire gli occhi, nella vasca l'acqua è diventata fredda e la schiuma è ormai sparita, assorbita dalla mia pelle. Ci sono io, adesso. Ci sono io nuda con addosso il peso degli sbagli e gli infiniti pensieri che anche stavolta non sono riuscita a sistemare.

Cerco la forza di prendere un asciugamano e di avvolgermelo intorno. Non voglio che i pensieri invadano altre stanze, voglio lasciarli qui, in quest'acqua fredda. Voglio togliere il tappo della vasca e farli scivolare via, lontano da me.

Certo, se fosse così semplice far scivolare via i pensieri, sicuramente non avrei delle occhiaie così marcate. Non perderei ore di sonno per girarmi e rigirarmi in un letto troppo grande. Se solo i pensieri non fossero pesanti come macigni, se solo le mie spalle fossero più larghe, se solo qualcuno mi avesse detto che questa vita non è proprio rose e fiori, e che le spine ti fanno male, che non puoi farci niente, che addosso ti resta il segno di ogni cosa.

Le cicatrici sono le cose più preziose che abbiamo. Sono i segni di una vita in guerra.

Perché è facile far finta di niente, è facile mostrarsi

sempre con un sorriso meraviglioso, ma in pochi sanno che dietro a quel sorriso si nasconde un dolore forte, un animo fragile.

E io vorrei stringerti forte, Matilde. Vorrei dedicarti i miei migliori sorrisi e tutte quelle parole che nessuno avrebbe mai il coraggio di pronunciare. Vorrei renderti partecipe, ecco sì, vorrei condividere con te i dolori, i malumori ma soprattutto i momenti felici, perché per me questo è l'amore.

Come sarebbe bello condividere.

Hai visto. Sei riuscita a sopravvivere.
Avevi così paura di non farcela. Eri così spaventata
che per settimane ti sei chiusa in te stessa,
hai smesso di mangiare e hai smesso di curarti,
hai smesso di uscire, di sorridere, di guardare il mondo
con gli occhi di un tempo. Eppure guardati ora,
guarda la donna che sei diventata.
Guardati, ammira la tua bellezza, balla sul posto,
pettinati i capelli, colorati le braccia, unisci i tuoi nei,
e infine stupisciti per ciò che sei riuscita a fare.
Avevi così paura che l'amore potesse portarsi
via tutto, che potesse portar via la tua voglia di vivere
e in parte hai avuto ragione. Ma non è stato l'amore
a farti del male, perché sei stata tu a permetterglielo.
Ti ho vista cadere in mille pezzi, ti ho vista scivolare
giù verso una qualche strana dimensione.
Ti ho accarezzato le guance mentre le lacrime

non trovavano pace. Eri tormentata,
ciò che ti spaventava di più era quella strana paura
di restare sola, ma allo stesso tempo eri terrorizzata
dalla paura di dover ricominciare tutto da capo.

Quando una persona decide di andarsene
è come se improvvisamente con lei andassero via anche
le parti migliori di noi. Ma è solo un momento, è solo
un attimo, è solo una virgola di questa vita.
La rinascita è dietro l'angolo e non ti dico
che devi correre, che devi ricostruire tutto subito,
perché non è così che funziona. Hai bisogno dei tuoi
tempi, dei tuoi spazi. Hai bisogno di metabolizzare.

Ti prego, non portare rancore. Non odiare:
sprecheresti solo il tuo tempo. Piuttosto sii forte, sii leale,
sii coraggiosa, sii fiera della persona che sei.

Abbi cura di te, dei tuoi sorrisi, dei tuoi sogni,
delle tue paure, dei tuoi pregi e anche dei tuoi difetti.
Abbi cura delle tue cicatrici e delle tue lacrime.
Abbi cura del tempo, quello che ti viene donato e quello
che tu stessa sei riuscita a donare.

Abbi cura, abbi cura sempre di ogni cosa a te cara.
E non correre, sii paziente. Arriverà l'amore,
arriverà anche per te.
Arriverà e sarà bellissimo.
Arriverà l'amore, e saprà restare.

38

È mezzanotte passata e il pensiero di Matilde non mi dà tregua.

Decido di scriverle: "Finiti i preparativi?".

Poso il cellulare sul comodino, prendo *Donne che corrono coi lupi* di Clarissa Pinkola Estés e lo sfoglio per ritrovare la pagina a cui sono arrivata. Sì, ho questo strano vizio di non usare i segnalibri, e no, non faccio nemmeno le orecchie, mi sembra irrispettoso. Di solito vado a mente, tengo il conto delle pagine. Di solito funziona. E infatti ci metto poco a ritrovare l'esatto punto in cui sono arrivata. Ripensando alle pagine che ho già letto e a quelle che ancora mi aspettano, mi spunta un sorriso dolce: significa che questo libro, una volta arrivata alla fine, sarà per me un compagno di vita. Non capita spesso, mi succede solo con le storie che mi stanno a cuore. I libri che amo mi fanno sentire al sicuro. Quando il mondo fuori diventa difficile da affrontare, mi basta buttarmi con tutte le scarpe e i vestiti tra le pagine per ritrovare un poco di magia.

Stasera, però, a interrompere la lettura arriva la risposta di Matilde.

"Mi sono appena buttata a letto, distrutta! Non vedo l'ora di tornare a casa, mi manca tutto!"

"Be', ma com'è andata? Voglio un resoconto!"

"Bene! Ho lavorato tanto, ma ho anche girato molto, ho visto davvero tantissime cose e sono stanca morta. Dovrei prendermi delle ferie, non trovi? Eheheh."

"Spiritosa! Sei praticamente in ferie da ben due settimane!"

"Ma no, i convegni e tutto il resto, dovevi esserci per capire la pesantezza della situazione! Mai un sorriso, tutti con gli occhi puntati sul lavoro! Infatti i giri turistici li ho fatti praticamente tutti da sola!"

"Sì, a parte… va be', niente."

"Ancora con questa storia?! Ti prego basta!"

"È solo che ci penso e non mi piace."

"E tu non pensarci."

"Certo, la fai facile. Tu potevi pensarci, invece."

"Uno pari palla al centro!"

"Non sei simpatica, anzi! Ma perché non resti lì ancora un po'?"

"Non ti manco?"

"In realtà…"

"Ah! Cos'è, hai conosciuto un'altra?"

"Ma sei pazza?"

"Allora? Non ti manco?"

"Certo che mi manchi, stupida."

In realtà non so quello che sento. Sì, mi manca, ma quando è partita nella mia testa c'era solo il suo pensiero, la sua mancanza. Adesso, invece, con le poesie e i bigliettini, ammetto che durante la giornata ci sono altre cose a tenermi occupata. Questo è un problema?

"Spero che il volo sia puntuale" scrive Matilde, cambiando argomento.

"Non preoccuparti, tanto ho preso il giorno libero."

"Ah bene! Quindi arrivo, pranzetto insieme e poi giù di coccole a Frida!"

"In realtà... Frida è con mia madre!"

"Come mai?"

"Lei ha un bel po' di spazio e passa molto tempo da sola. Mi ha chiesto di lasciargliela per un po'. Lì Frida ha un intero giardino a sua disposizione."

"Be', vorrà dire che un giorno andremo a trovarla insieme!"

"Ci sto! Potrei dire a mamma che andiamo a cena da lei, così vi conoscete!"

"Oh sì, mi piacerebbe molto!" risponde Matilde. "E con i bigliettini? Come sta andando? Insomma, il tuo ammiratore segreto si è fatto vivo?"

Abbasso la tendina delle notifiche e cerco di pensare il più velocemente possibile a cosa rispondere. Non voglio mentire a Matilde, ma non ho voglia di sorbirmi il terzo grado su una cosa così piccola. Lascio passare i secondi, e lascio passare anche i pensieri.

Decido di dire la verità.

"Sì, mi ha risposto ancora. Che strana la gente!"

"Scusa, non eri felice di questa cosa?"

"Sì, certo, però mi chiedo: che senso ha rispondere a una persona che non conosci? Cioè, leggi e basta, no?"

"Che senso ha scrivere bigliettini per persone che non conosci? Scrivile sul tuo diario segreto e poi chiudilo con il lucchetto, no?"

"Ok, giusta osservazione!"

"Comunque dovresti appostarti nei pressi della pensilina. Così scopriresti chi si nasconde dietro quelle risposte!"

No, non posso farlo. La magia è proprio questa, non conoscere la persona che quotidianamente mi dedica il suo tempo. È una cosa che mi fa sentire amata senza il bisogno di un amante, una cosa che ha del romanticismo e sa di proibito. Ogni volta che da lontano vedo una piccola aggiunta alle mie parole, mi sembra di mantenere un segreto, come quando da piccola la mia amica del cuore mi diceva: «Non dirlo a nessuno» e mi sentivo eccitatissima perché ero l'unica a saperlo.

Ma non posso dirlo a Matilde, non credo capirebbe.

"Tanto non mi risponderà più. O forse sarò io a non rispondere più a lei."

"Comunque, cara la mia Camilla, si sono fatte le due del mattino. Pensi di voler andare a dormire?"

"Oh cavolo, ma è tardissimo!"

"Adesso te ne sei accorta? Dài su, chiudi gli occhi e sognami."

"Sai, Mati... in realtà non vedo l'ora di vederti."

"Oh, ma queste dichiarazioni d'amore? Aspetta che arrivi domani, su!"

"Sei proprio una cretina!"

"Buonanotte, fiorellino ;)"

"Buonanotte, stronza ☺ A domani."

Sono le due, ma non ho sonno, anzi. Ho voglia di scrivere, di tirar fuori un po' di caos.

Accendo il computer, metto su un po' di musica per rilassarmi, un incenso dal profumo orientale, la luce della lampada puntata verso il soffitto. È il mio luogo intimo, se il mio blog fosse una stanza avrebbe esattamente questo aspetto qui, con questa luce qui, con questo odore qui.

Faccio come sempre: butto giù tutti i pensieri, come arrivano, senza rileggere. Non mi interessa la forma, non mi interessa l'errore. Mi interessa arrivare al cuore delle persone.

Per favore resta, restami addosso.
Guardami mentre cado
rincuorami quando mi rialzo
slegami le paure
falle scivolare via.
Apri i cassetti del cuore

lasciati toccare
voglio sentire il sapore dei tuoi baci
la leggerezza dei tuoi desideri.
Guardami
fallo ancora
guardami felice
di una felicità
che conosce il tuo nome.

Mentre posto questi versi, sento il telefono vibrare ancora. È Matilde: "Anche io non vedo l'ora di vederti. Buonanotte, amore".

"Amore", ha scritto proprio "amore"!

Cerco di trattenermi, ma mi scoppia un sorriso pazzesco. È una cavolata, ma mi ha resa felice.

Perché la felicità è fatta di attimi, di attimi bellissimi. E io me li voglio gustare tutti, voglio sentirla addosso, questa cazzo di felicità.

Non visualizzo il messaggio, ma scrivo di lei per tutta la notte. Scrivo dell'amore, dell'amore che non ti abbandona, che ti prende e improvvisamente ti tiene stretto a sé. Scrivo dei suoi occhi e della sua meravigliosa luce. Scrivo degli sguardi, delle sue gambe, delle mani che vorrei toccare, dell'amore che vorrei sentire addosso. Mi sembra di impazzire, ma è così l'amore: l'amore ci rende così fottutamente pazzi che viverlo appieno è qualcosa di sublime.

Mio dolce amore
abbi cura di noi
dei nostri sorrisi
e dei nostri infiniti sogni.
Abbi cura dell'amore
e del tempo
della forza che ci vuole
quando il mondo
ci volta le spalle.

39

Non ti prometto che sarà per sempre, perché lo sai anche tu, l'amore a volte sfuma e lascia spazio a sentimenti meno forti. Non ti prometto che ti amerò nel modo giusto, ma ti prometto che sarò qui, a un passo da te, e ogni volta che avrai bisogno io ci sarò. Ti prometto che mi prenderò cura di te, che ti chiederò se stai bene o se hai mangiato, che mi preoccuperò quando per tornare a casa ritarderai di qualche minuto.
Non ti amerò nel modo giusto, perché di certo commetterò errori. Ma sarò qui fino a quando lo vorrai, fino alla fine dei nostri giorni, fino a quando l'amore non smetterà di esistere. Io sarò qui. Ti starò accanto, né davanti né dietro. Perché è così che funziona l'amore.

Passo le ore a scrivere di un amore che sa di fragole, di fantasia, di dolci carezze, di tramonti meravigliosi e di albe ancora più belle, perché sono sempre stata dell'idea che le albe sono per pochi intenditori, sono per chi sa aspettare. Io ormai è da un po' che aspetto, e farei di tutto per condividere anche solo un'alba con Matilde.

Passo così la notte, tra parole che scorrono sullo schermo di un computer troppo vecchio, che si blocca e surriscalda e mi implora pietà, ché vorrebbe andarsene a letto anche lui, ma a me non interessa, mi interessa solo scrivere di lei, di me e di tutto ciò che di più bello c'è al mondo.

Si fanno le sei del mattino, e di questo mattino mi resta solo l'alba, un'alba che guardo dal balcone, con addosso una coperta e l'ultimo goccio di vino avanzato.

Le tue cicatrici
son stelle cadenti
e i tuoi occhi
i miei navigatori.
Vorrei trovarmi
solo per perdermi
in te
cento miliardi di volte
e ancora una
che sembra l'ultima
ma resta la prima
di una lunga serie
di battaglie fantastiche.
Le tue cicatrici
i miei disegni d'amore preferiti.

40

Vorrei essere più forte di ciò che sono. Vorrei non avere tutta questa paura di amarti quando la notte butto la testa sul letto e tu sei l'unico pensiero che mi viene in mente.
Vorrei avere il coraggio di dirti che mi piaci, ma ho paura che tra di noi non possa funzionare.
Tu mi dici che non devo dar peso alle parole degli altri, ma io ho paura lo stesso. Ho paura di restare con il culo a terra ancora una volta.
Vorrei un amore forte, vorrei che tu fossi l'amore che cerco. Ma quando sei lontano mi tremano le gambe e io vorrei solo essere forte, vorrei cacciare via tutti i dubbi e amare senza regole.
Vorrei che tu mi guardassi negli occhi e mi dicessi che la notte è finita.
Siamo disarmati, quando arriva la notte.

Mi sveglio con addosso il colore delle mie parole. Il ritorno di Matilde è alle porte, sono riuscita a dormire un paio d'ore al massimo e non mi sento per niente a mio agio.

Mi butto giù dal letto, mi faccio una doccia veloce, prendo un caffè al volo e cerco nell'armadio qualcosa da mettermi. Agguanto a casaccio un paio di jeans e una camicia a fiori, mi guardo allo specchio una sola volta.

«Be', che occhiaie» sono le uniche parole che riesco a pronunciare.

Apro le finestre per fare spazio alla luce del sole, chiudo gli occhi e dall'alto del mio balcone inspiro una bella zaffata di smog.

"Dài, su, è tardi" mi dico, "devi fare un sacco di cose e pensi allo smog."

Mi trucco, un velo leggero di mascara per allungare un po' quelle ciglia sottili, un rossetto color prugna e una spolverata di fondotinta per alleviare il grigiore delle occhiaie. Tra poche ore rivedrò Matilde. Ho voglia di correre, di abbracciarla, di capire attraverso i suoi occhi se in queste due settimane ha percepito la mia assenza.

Forse ho esagerato col trucco. Se dovessi mettermi a piangere probabilmente mi trasformerei in un panda, un dolcissimo panda che ha dimenticato di mettere il rimmel waterproof. Ma non c'è tempo per rifare tutto daccapo, giusto un occhio alla borsa e poi giù per le scale. Ogni passo è un passo in meno verso Matilde.

L'infinita distanza tra noi si sta accorciando, e io finalmente sento il cuore tremare.

Camminando raggiungo la fermata del tram, quella dove ogni giorno lascio un pezzo di me.

Sono spaventata, ho paura di non trovare una risposta al mio biglietto, ma ho ancora più paura di scoprire un nuovo messaggio del mio amico sconosciuto.

Mi avvicino e noto che sì, anche questa volta lui ha impiegato un po' del suo tempo per me.

*Sembri così interessante che vorrei guardarti mentre affondi gli occhi nelle cose che scrivi.
Magari avrò modo di conoscerti davanti a un caffè.
Ti abbraccio un po' di più adesso che il sole tramonta e che tu sei altrove.*

Non so cosa dire. Non so cosa rispondere e non so nemmeno se sorridere. Dovrei sorridere? Queste parole mi scombussolano: improvvisamente, mi sembra che quella persona sconosciuta si sia in qualche modo intrufolata nella mia sfera intima. È come se la linea di confine tra realtà e immaginazione sia stata superata senza che nessuno ci avesse dato il permesso di farlo.

Un passo, basta un passo per far traballare le mie certezze.

Mi guardo attorno, controllo sull'applicazione l'orario del tram: mancano ancora dodici lunghissimi minuti, e io non ho idea di come riempire questo vuoto.

Tiro fuori la penna dalla borsa, ma subito dopo ci ripenso. Poi ci ripenso ancora, e ancora, e ancora una volta, fino a quando non mi decido a scrivere una parola, una soltanto.

Trovami.

In fondo mi pare la soluzione migliore: lo sconosciuto non riuscirà mai a risalire a me.

È una bella sfida, che può finire in due modi: potremmo trovarci davvero, oppure, più probabilmente, chiudere per sempre questa strana conversazione. In fondo avrebbe senso: tutto, tra noi, è nato e finito su questa pensilina.

41

Il volo di Matilde è atterrato all'orario stabilito. Resto davanti alle porte scorrevoli a guardare le persone che scivolano tra le braccia di chi amano, insieme agli sguardi delusi di chi non ha braccia da stringere, di chi è abituato a partire, tornare e non trovare mai nessuno. Ogni volto corre via veloce, è come se tutti andassero di fretta. Eppure questi posti hanno bisogno di abbracci, di baci, di lacrime e di sorrisi. Non è un addio, se quando torni c'è qualcuno pronto a stringerti.

Eccola, finalmente.

La vedo in lontananza con la sua valigia. La riconosco dalla camminata e dall'aria stanca, chissà se in volo è riuscita a riposarsi un po'.

Sento le mani che iniziano sudare e le gambe che cedono a poco a poco, Matilde si sta avvicinando e io non faccio in tempo a sistemare il caos che mi si scatena in testa davanti al suo sorriso.

«Ciao...» mi dice.

La guardo con occhi attenti, ho bisogno di sprofondare fra le sue braccia, ma ancora non oso lasciarmi andare. C'è una linea sottile che ci separa, e io ho ancora paura di fare un passo falso, ho ancora paura di sbagliare.

«Che fai, non mi abbracci?»

Mi bastano queste parole per perdere il controllo. Mi fiondo su di lei come un razzo, sento il suo corpo addosso al mio, le sue braccia stringermi, il suo respiro sul collo. Restiamo così per una decina di secondi, poi mollo la presa e faccio un passo indietro.

«Sono felice di vederti» le dico sorridendo.

Le chiedo del volo, la aiuto a districarsi tra borse e sacchetti, le propongo un caffè anche se ormai è quasi ora di pranzo.

Lei sorride e mi guarda.

«Smettila di guardarmi così tanto.»

«Sono due settimane che non ti vedo, avrò pure il diritto di fare ciò che voglio?»

Sorrido, da quando è arrivata non ho ancora smesso di sorridere.

È bastato un attimo perché tutte le mie preoccupazioni si trasformassero improvvisamente in cenere. Non importa quel che è stato, non importa quel che ha fatto. Ora c'è lei, e lei è tutto ciò di cui ho bisogno.

Per la prima volta dopo tantissimo tempo, sento di aver buttato giù il muro che avevo creato per proteggere il mio cuore. Non ho più barriere, sono nuda di fronte a lei.

È meravviglioso salvarsi, è meraviglioso salvarsi da soli ma con qualcuno accanto. Perché è così che funziona, bisogna sempre ricordare che tutto, ogni singola cosa, parte da noi. Dicono che volere è potere e io volevo ricominciare, volevo rialzarmi e buttar via quella strana malinconia, volevo riconquistare il mio cuore, perché a lungo andare avevo perso anche lui. Era come se ogni organo del mio corpo avesse deciso di restare distante da me. Mi sentivo vuota, o meglio, mi sentivo svuotata di tutto.
Non provavo più niente. Ma poi sei arrivata tu, e io mi sono sentita nuovamente a casa.

Il sapore di certi abbracci non lo dimentichi,
ti resta addosso più di qualsiasi profumo.

42

«Sei bella, Camilla.»

Sorrido e abbasso lo sguardo.

«Ti imbarazzi?»

Faccio un tiepido "sì" con il capo e mi affretto a girare lo zucchero nel caffè.

«Be', dimmi qualcosa del viaggio» la incalzo, «raccontami un po'.»

«Dovremmo tornarci insieme, a Madrid.»

«Insieme, io e te?»

«No, se vuoi chiedo al cameriere. Certo, stupida, io e te. Che ne pensi?»

«Mi piacerebbe molto...»

«Tu invece? Cos'hai fatto in queste due settimane?»

«In realtà niente, ho sistemato un po' di caos.»

«Sempre con questo caos! Ma rilassati un po'!»

«La fai facile, tu.»

«Sei tu che esageri.»

«Non sono nemmeno due ore che sei arrivata e già mi hai rotto!»

«Non sei contenta?»

Scoppiamo a ridere mentre i nostri occhi ballano insieme. Finalmente posso buttarmici a capofitto. Mi piace sapere che i suoi occhi cercano costantemente i miei.

«Da quando metti lo zucchero di canna nel caffè?»

«In realtà ho sbagliato, ma non è niente male, sai?»

«Tu sei strana!»

«Da che pulpito.»

Ridiamo ancora, e poi ancora, e ancora una volta, non finiamo mai di ridere, ogni ultima volta si rivela essere la penultima e così via.

Porto Matilde a casa, ordiniamo qualcosa da mangiare e, mentre lei si fa una doccia, io stappo una bottiglia di vino nel soggiorno.

Mi passa davanti con l'asciugamano addosso e i capelli bagnati che le gocciolano giù per la schiena. Intravedo il tatuaggio che ha sulla spalla, una specie di collage in cui foglie, animali e simboli ruotano intorno a un bellissimo cuore anatomico.

«Cosa rappresenta?» le chiedo.

«Me. E tutte le volte in cui sono caduta, e tutte quelle in cui mi sono rialzata.»

«Quindi ogni volta aggiungi un pezzo?»

«Più o meno, ma deve essere qualcosa di davvero importante.»

«Hai tatuato anche Marco?»
«No, non penso di farlo.»
«Non è stato importante?»
«Non ho sofferto per lui.»
«Ti tatui solo quando soffri?»
«Sì.»
«Interessante.»
«Mi hai versato del vino, grazie» mi dice, schioccandomi un bacio sulla guancia.

Sento la sua pelle bagnata contro il mio corpo e resto ferma, senza dire una parola. Vorrei bloccarla e baciarla come si deve, il desiderio, la voglia di lei mi fa tremare le gambe. In questo momento, voglio le sue labbra più di qualsiasi altra cosa al mondo.

Ci interrompe il citofono che annuncia il ragazzo dell'hamburgeria sotto casa. Mentre io rispondo, Matilde mi fa segno e scappa verso il bagno.

Poco dopo, mentre apro i sacchetti, la sento camminare alle mie spalle.

«Ho messo una goccia del tuo profumo» mi sussurra.

«Così mi pensi tutto il giorno» ribatto sorridendo.

Iniziamo a mangiare e chiacchierare, a guardarci e ad abbassare la testa subito dopo.

C'è un po' di imbarazzo tra di noi, si sente, lo vedo.

«Mi piace il modo in cui accavalli le gambe.»
«Cosa?»
«Sì, è sensuale.»
«Dài, Mati, ma cosa dici?»

«Dico che mi piace come ti muovi.»

Cerco di nascondere il viso, ma Matilde mi blocca.

«Non farlo, non abbassare lo sguardo.»

«...»

«Sei così bella quando ti imbarazzi per le cose che dico.»

«Mi fai uno strano effetto...»

«Anche tu.»

Il pomeriggio io e Matilde lo passiamo così, sospese tra imbarazzo e felicità.

Quando lei, guardando l'orologio, mi dice che deve andare, perché ha un po' di cose da sbrigare e deve anche passare in ufficio a firmare delle carte, mi dico che forse è meglio così, è meglio allontanare i suoi occhi dai miei.

La aiuto a raccogliere le sue cose e la accompagno verso l'uscita.

«Ci sentiamo più tardi?»

«Certo, fammi sapere se hai bisogno di qualcosa... oltre che di me.»

«Scema!»

«Dài, Cami, dammi un bacio.»

Le prendo il viso tra le mani, ma ancora una volta non riesco a darle un bacio vero, un bacio sulle labbra. La guardo negli occhi e, con dolcezza, appoggio le labbra agli angoli della sua bocca.

Ho sempre amato i baci agli angoli della bocca: non

sanno né di amicizia né di amore. Sono al centro, in bilico tra una cosa e l'altra. Un po' come dire: "Vedi? Ci tengo molto a te, ma non mi sbilancio, perché non voglio esagerare".

Con Matilde è così. Lei è i miei baci preferiti.

43

Chiudo la porta e apro il computer, per scrivere quello che mi è rimasto addosso. Tra di noi non c'è ancora stato niente, ma siamo legate da qualcosa di forte, qualcosa che nonostante tutto ci tiene insieme, unite più che mai.

Apro il blog e improvvisamente sento una notifica: è la chat, qualcuno vuole parlare con me. Cerco di capire chi sia ma c'è solo un pallino blu con la scritta "1" che sicuramente vuole farmi intendere che c'è un messaggio da leggere. Non mi piace l'idea di aprire qualcosa senza sapere il contenuto o senza sapere chi sia la persona dietro a quel numerino.

Cerco di lasciarlo in sospeso per qualche minuto ma i miei occhi corrono per tutto lo schermo e puntualmente tornano lì, su quel puntino blu che continua a lampeggiare.

Decido che è arrivato il momento di aprire quel messaggio e di leggerne il contenuto.

Zucchero_filato: "Ti ho trovata".

Mi sposto velocemente dal pc, come se scottasse, come se la persona dall'altra parte dello schermo potesse vedermi.

Non posso crederci. Il mio misterioso amico di penna mi ha trovata davvero.

Come ha fatto? Che indizi ho lasciato dietro di me senza nemmeno accorgermene? Come fa a sapere dell'esistenza del mio blog? Come fa a sapere che sono io?

Inspiro, espiro. Un poco alla volta, riprendo il controllo della situazione. E scrivo.

Milla: "Sei proprio tu?".

Attendo per qualche minuto davanti alla minuscola finestra della chat.

Zucchero_filato: "Se intendi la persona che risponde ai tuoi bigliettini, sì, sono proprio io".

Milla: "Come mi hai trovata?".

Zucchero_filato: "Avrò modo per raccontarti".

Milla: "Scusami, ma mi hai spiazzata. Non avrei mai immaginato che mi trovassi sul serio. Anzi, quel 'trovami' voleva essere un punto tra noi, in un certo senso".

Zucchero_filato: "Puoi sempre smettere di rispondere".

Ha ragione, lo so. Ma qualcosa mi diceva di non farlo. Voglio scoprire chi si nasconde dietro quelle parole. Questa persona mi ha donato il suo tempo e non posso gettarla via, non posso far finta di niente e lasciare che tutto sparisca così velocemente. È la prima volta che mi capita una cosa simile, e una parte di me si sente irresistibilmente attratta dalla situazione.

Milla: "Non voglio smettere di risponderti".

Zucchero_filato: "Cosa ti turba?".

Milla: "Tu".

Chiudo la chat e non ci penso più. Mi sento in colpa per quello che sta succedendo, anche se so che non c'è niente di male. La chat risuona con una nuova notifica.

Zucchero_filato: "Non voglio crearti problemi di alcun tipo. Mi hai scritto: 'Trovami' e io ti ho trovata. Tutto qua".

Milla: "Non voglio andarmene, anzi. Voglio capire perché: cosa ti ha spinto a rispondere a me, che non sono nessuno?".

Zucchero_filato: "Le tue parole d'amore, il fatto che tu abbia deciso di spenderle per degli sconosciuti. Secondo me è un gesto bellissimo".

Milla: "La cosa buffa è che in realtà l'amore mi manca. Lo scrivo per gli altri, ma ne avrei tanto bisogno anche io. È assurdo come ci ostiniamo a dare consigli agli sconosciuti e quando si tratta di noi stessi non facciamo altro che sbagliare".

Zucchero_filato: "È sempre così, è vero, ma io credo sia normale: quando stai male tu, senti il dolore. Non hai la mente sgombra, sei distratto e, di conseguenza, non riesci ad applicare i consigli che daresti a chiunque altro".

Milla: "Capisco cosa intendi. Anche se io sono una persona che quando sta male non lo dice, preferisco tenermelo per me. È come se pensassi di non riuscire a trovare le parole giuste per esprimere i miei stati d'animo".

Zucchero_filato: "Con tutto il rispetto, ma penso che tu le parole giuste sia in grado di trovarle sempre".

Milla: "Ti ringrazio, mi fai sorridere con queste parole".

Zucchero_filato: "Mi piacerebbe vederti sorridere".

Resto a fissare lo schermo.

C'è qualcosa di troppo intimo, adesso. Qualcosa che non mi sento di affrontare così, all'improvviso.

Milla: "Ora devo salutarti, mi ha fatto piacere conoscerti. Un abbraccio, a presto!".

Zucchero_filato: "Anche a me ha fatto piacere, buona serata".

Fisso ancora lo schermo, ormai vuoto. E poi, come faccio sempre, mi metto a scrivere.

Sono tutte le cose che ho perso.

Me le porto addosso come cicatrici indelebili. Sono quello che le persone hanno scelto di non essere per me. Sono i sorrisi spenti quando al mondo c'è chi ti fa del male, sono le lacrime versate dopo ogni storia finita, perché quando qualcosa finisce si soffre sempre, in un modo o nell'altro, chi prima e chi dopo, c'è chi si dispera, chi smette di parlare, chi viaggia per sistemare i pezzi di un cuore deluso. Sono i sorrisi dopo la tempesta, perché sono, perché siamo, anche questo. Siamo la parte peggiore e la parte migliore. Siamo l'amore, l'amore che ci resta addosso dopo un incontro meraviglioso. Siamo gli occhi in cui le persone vogliono perdersi, gli stessi occhi che in alcuni momenti vorrebbero chiudersi e dare spazio al buio. Siamo l'estate, il vento tra i capelli e la luce della luna sul mare. Siamo le stelle che guardiamo in spiaggia e ci basta una chitarra per sentirci felici. Siamo i vestiti del sabato sera quando, pronti per uscire, ci rendiamo conto di aver dimenticato qualcosa, magari un bacio da parte di qualcuno che ci vuole bene. Tu i baci li ricevi? Non quelli con la lingua, ma quelli dolci che sanno di casa, di famiglia, di una mamma che non ti lascia, che ha paura di perderti ma non ti dice mai di no, perché è la tua vita e se cadi devi rialzarti da solo. Oggi ci siamo, domani chissà. Baciate vostra madre, vostro padre. Baciatevi a più non posso, con le persone a cui volete bene.

Non pentirti di ciò che hai fatto, non farlo mai.
Non pentirti delle scelte che hai preso, servono
tutte. Sono piccoli pezzi da aggiungere
al tuo bagaglio di vita.
Sii fiera di ciò che sei, di ciò che sei diventata
dopo tutte le tue battaglie.
Sii fiera del tuo carattere da guerriera,
perché sei questo.
Sei tu la persona più forte.
Non smettere di crederci mai.

Cara Te,
c'è così tanto amore dietro ai tuoi occhi
che vorrei perdermici per sempre.

44

Quando riprendo il cellulare in mano, trovo quattro messaggi e due chiamate di Matilde.

"Allora, stasera cosa facciamo?"

"Cami? Ci sei?"

"Sono le otto di sera, possibile che sei sparita in questo modo?"

"Ok, sto venendo a casa tua. Ordina del sushi, io porto il vino. L'amore lo portiamo insieme."

È ancora online. Sorrido e rispondo: "Scusami, ero a letto con uno sconosciuto!".

"Sì, certo, come no. Sono quasi arrivata!"

Sorrido. "Non ci credi? Adesso che sali te lo presento."

"Ti piacciono le cose a tre?"

"Ahahah, sei proprio stupida! Dài, ti aspetto."

"Apri, sono giù."

Mentre le apro, mi affretto a spegnere il computer.

Non sono pronta per mostrare a Matilde il mio blog, e tantomeno la chat con quella persona sconosciuta.

«Insomma, dov'è l'uomo misterioso?» mi chiede lei, entrando come un uragano.

«È scappato dalla finestra.»

«Hai ordinato il sushi?»

«Mmm, no...»

«Ma insomma, cos'hai fatto tutto questo tempo?»

«...»

«Va be', andiamo a cena fuori, ti va? Sono tornata da poche ore e non ho proprio voglia di mettermi a cucinare!»

«Ottimo! Mi vesto.»

«Sì, ma sbrigati!»

Mi chiudo in camera e provo tutti i vestiti che ho: uno cortissimo, uno con la scollatura audace... Alla fine, però, non trovo nulla che mi faccia sentire a mio agio e opto per i soliti jeans e una maglia semplice.

Quando torno in sala, Matilde è fuori sul balcone che guarda i palazzi di fronte. Sul tavolo ha preparato due calici di vino.

«Ho messo le prime cose che ho trovato» le dico.

«Saresti bellissima pure in pigiama e senza un filo di trucco» mi risponde. Poi prende i calici tra le mani e mi avvicina il mio. «Brindiamo?»

«A cosa?»

«A noi.»

«Noi?»

«Sì, a noi. Lo so che forse è stupido e prematuro, che tu non sai bene quello che provi e nemmeno io, ma... Camilla, io voglio provarci. Dopo quello che è successo... dopo quello che ho fatto... mi sono resa conto di quanto tu sia importante per me. L'idea di perderti mi ha spezzata, completamente. Avevo paura che non mi avresti mai perdonata. Io voglio che tu sia felice, e vorrei che la tua felicità portasse il mio nome. Quindi, se ti va... se te la senti... vorrei brindare a noi, al nostro inizio, a ciò che possiamo costruire insieme.»

Scoppio a ridere. Matilde è così buffa quando si impegna a fare questi discorsi superseri.

«Dài, Cami, non ridere! Sai quanta fatica faccio!» Mentre lo dice scoppia a ridere anche lei: «Ecco, adesso mi vergogno come una ladra!».

La guardo dritto negli occhi. Questa volta sfido la timidezza, le paranoie, le correnti gravitazionali. Poso una mano sul suo viso, le accarezzo una guancia e lei si lascia andare alla mia carezza. Mi stringe la mano e mi bacia il polso.

Con il cuore che mi esplode, la bacio. Le nostre labbra si toccano e scivoliamo in un bacio profondo e passionale. Sento il suo sapore, per la prima volta dopo settimane siamo qui a mangiarci la carne con un bacio, e poi un altro, altri, e altri ancora, e gli infiniti sorrisi che riempiono le pause delle nostre bocche, i suoi occhi che cercano ancora le mie labbra e le mie labbra che non vogliono lasciarla andare.

Poggio la mia fronte contro la sua, sorrido e le rubo un ultimo bacio prima di dirle: «Sì, brindiamo a noi. A questo inizio, a questo amore folle».

È in questo esatto momento che capisco che dentro di me qualcosa sta cambiando. Il mio cuore ha ripreso a battere con tutte le sue forze.

L'amore ha il sapore dei tuoi baci lenti.

45

A cena, brindiamo ancora e ancora. Ci baciamo davanti a tutti, davanti ai vecchi, davanti alle giovani coppiette felici. Ci baciamo di fronte ai negozi, alle bancarelle di libri, davanti ai tram in partenza. Ci baciamo davanti a una ragazza che piange. Probabilmente è appena stata lasciata, ma è così che funziona: quando ami, il dolore degli altri non lo vedi. È come se ti isolassi. È per questo che quando ti fidanzi gli amici ti ripetono: «Da quando ti sei fidanzata non ti fai più sentire». Ma è così l'amore, l'amore ti rende pieno e non hai bisogno di altro per sentirti felice.

L'amore è tutto ciò che ti serve per stare bene, e io ora sto bene. Cercavo qualcuno che mi capisse e ho trovato lei, lei che con i suoi modi goffi ha rubato il mio cuore. È così bella, tanto da farmi sentire fiera di averla accanto. Sa di primavera, di fiori, di sole, di luce… e io ho bisogno di luce nella mia vita. Ho bisogno di qualcuno che renda le mie giornate speciali, che le riempia di meraviglia. E Matilde è una meraviglia. Voglio tenerla accanto a me, guardare i suoi occhi felici ogni volta che le dico qualcosa di bello.

Ma quant'è bello l'amore? Quant'è bello sentirsi amati?

Tra me e Matilde stasera c'è solo una quantità assurda di baci, un fiume di parole dette e non dette. Ci raccontiamo l'amore con gli occhi ed è meraviglioso, siamo due persone felici e chi se ne frega di quelli che ci guardano male perché siamo due donne. Sì, siamo due donne, due donne che si baciano. Siamo due persone con addosso tantissimo amore. Mi sono follemente, fottutamente innamorata di una donna, e non sono né triste né confusa. Non ho paura, anzi: sono felice, felice da far schifo.

Ci salutiamo con l'ennesimo bacio davanti al mio portone. Matilde mi accarezza i capelli e mi lascia inghiottire dall'atrio buio. Mi guarda allontanarmi, mentre il mio corpo si mischia con l'oscurità della notte.

Torno indietro di corsa, sento la necessità di strapparle un ultimo saluto.

«Mati…»

«Dimmi.»

Appoggio ancora le labbra sulle sue e scivolo via per qualche secondo.

«Tu mi farai impazzire» sussurra lei.

«Baciami» riesco solo a dirle.

E lei mi bacia ancora, con la luna che non smette di osservarci.

«Adesso posso andare» dice, quando finalmente riusciamo a staccarci.

«A domani.»

«Scrivimi quando arrivi.»

«Va bene, buonanotte.»

Le sorrido, le volto la schiena e mi incammino verso le scale.

Arrivata a casa, mi butto sul divano e ripenso a questa pazza, splendida serata. Sento ancora il mio cuore esplodere dalla gioia, è una sensazione bellissima, sono davvero felice.

Non ci posso credere, io e Matilde ci siamo baciate. E non una volta, ma tantissime, così tante che ho perso il conto. Ora conosco il suo sapore: è ancora qui, sulle mie labbra. Mi passo la punta della lingua sul labbro superiore e sento che Matilde si è depositata lì.

Prendo il computer e inizio a fantasticare su quest'amore meraviglioso che si sta piano piano creando.

Hai il sapore delle cose belle.
Quelle che arrivano all'improvviso e non ti lasciano mai, restano lì addosso, avvinghiate alla tua carne. Quelle di cui non puoi, ma soprattutto non vuoi, liberarti.

Mentre scrivo, l'occhio mi cade sulla finestra della chat. Non ci penso due volte.

Milla: "Sai, questa sera è successa una cosa strana: ho baciato l'amore con gli occhi e sono felice di averlo fatto".

La risposta arriva dopo pochi secondi.

Zucchero_filato: "Spero che tu sia felice, almeno stasera. Ultimamente la felicità è qualcosa che alle persone manca".

Zucchero_filato: "Vorrei conoscerti, vorrei che mi raccontassi un po' di te... Cosa ti piace fare quando hai un po' di tempo libero?".

Milla: "Mi sembri una persona così intima, tu. Mi viene voglia di raccontarti tutta la mia vita, ma non so chi sei e ho paura. Ci sono cose che è meglio non dire a chi ti trova e ti riconosce. Vorrei che tu fossi davvero una persona sconosciuta, e io vorrei esserlo per te".

Zucchero_filato: "Non aver paura di aprirti con me, non posso farti del male. Fidati".

Milla: "È proprio questo il difficile, fidarmi".

Zucchero_filato: "Non hai risposto alla domanda".

Milla: "Quale domanda?".

Zucchero_filato: "Cosa ti piace fare?".

Questa persona è entrata nella mia vita attaccandosi alle mie parole. Sa chi sono, ne sono certa, mi ha guardata da lontano, mentre io no, io non ho mai cercato gli occhi di chi leggeva le mie parole. Ho una paura folle di aprirmi, di raccontarmi, di cadere in un vortice di cui non vedo la fine.

Lascio passare qualche minuto, poi decido di postare una cosa sul mio blog.

Ti sei buttata giù troppe volte. Non te ne faccio una colpa, anzi. Sono fiera che tu ti sia lasciata tra-

sportare dalle emozioni senza pensare troppo alle conseguenze... ma non cadere, ti prego. Non cadere ancora per colpa di chi non ti ama. Non permettere agli altri di dirti quello che devi o non devi fare. Non lasciare nelle mani di qualcuno il potere di ferirti o di usarti.
Cerca la tua metà, la persona che più si avvicina a te, la tua parte mancante. Ma sii prudente. Sii donna, sii fiera, sii orgogliosa e felice, dannatamente felice.
Ti auguro un cuore in grado di amare perdutamente solo te.

Milla: "Mi piace fare quelle cose che non fanno tutti" rispondo, dopo aver postato.

Zucchero_filato: "Come attaccare parole d'amore sulle pensiline?".

Milla: "Mi stai prendendo in giro!".

Zucchero_filato: "Assolutamente no. Raccontati ancora un po'".

Sento il telefono vibrare, è Matilde. Lascio da parte la fantasia del mio blog e torno con i piedi per terra.

«Sei la cosa più bella che potessi trovare» mi dice.

«Vorrei baciarti ancora...» rispondo, sentendo un fiotto di calore che mi invade il petto. «Ti saresti potuta fermare da me, stanotte.»

«Lo so, ma domani dobbiamo andare al lavoro. Saremmo arrivate in ritardo... come faccio a staccarmi da te, se poi ti addormenti fra le mie braccia?»

«Sei bella, Matilde. Bella come le stelle… anzi, un po' di più.»
«Sognami stanotte.»
«Anche tu.»
«Buonanotte, amore.»
«Fai bei sogni. Ti bacio.»

Fai bei sogni, Matilde. Vorrei farli con te, vorrei guardarti mentre chiudi gli occhi. Vorrei far capolino fra i tuoi sogni per sognarci insieme. Vorrei guardarti appena sveglia, con i capelli da una parte e l'odore del sonno addosso. Ti bacerei lo stesso, ti bacerei il doppio. Sei così bella Matilde, sei bella come le canzoni che non smetto di ascoltare, come la pizza del sabato sera, come le stelle che accompagnano il mio cammino. Sei bella come le sere al luna park, come le giostre che ti mettono paura ma che ti fanno sentire viva. Sei bella come un campo di tulipani colorati, come l'arcobaleno dopo il temporale. Sei bella come la pioggia d'autunno e quei bagni in vasca che durano ore. Sei bella quando ti guardo nelle luci soffuse dei lampioni in centro, sei bella come le corse che faccio quando sono in ritardo e arrivo puntuale. Sei bella come le coincidenze che non si perdono, come i treni la notte, come il riflesso dell'amore in un paio di birre vuote. Sei bella come le mani che si cercano e poi si trovano, come i chilometri che non dividono ma uniscono.
Sei bella come tutto ciò che amo. Anzi, tu sei bella un po' di più.

Mi piacciono i dettagli, quelli semplici,
quelli che lasciano il cuore felice.
Non voglio che mi urli il tuo amore, piuttosto
sussurramelo, fallo dolcemente, spostami i capelli
e dimmi che mi ami, che mi ami
come si amano poche cose.
Non voglio gesti eclatanti, striscioni o viaggi da
mille e una notte. Mi basta il tuo sorriso, le tue labbra
sulle mani, i tuoi occhi addosso e l'amore ovunque.
L'amore non è semplice, ma è fatto di cose semplici.
Se mancano quelle, allora che amore è.

46

Dimentico la chat del blog aperta e vado in cucina per mangiare qualcosa. Si è fatto tardi, ma di dormire non se ne parla. Sono troppo felice, il mio cuore ha ricominciato a respirare.

Zucchero_filato: "Sparita?".

Milla: "No, sono qui".

Zucchero_filato: "Allora? Non ti va di raccontarmi?".

Milla: "Cosa vuoi sapere di me?".

Zucchero_filato: "Tutto".

C'è una sorta di invadenza, nel suo atteggiamento. Alcune sue risposte hanno il potere di spiazzarmi e io non riesco a gestire la conversazione, mi sento persa in un limbo da cui non so come uscire.

Milla: "Senza domande non so raccontarmi".

Zucchero_filato: "Lasciati andare, fidati delle sensazioni. Parlami di te e basta".

Milla: "Mi spaventi. Sei così travolgente che ti odio.

Non sai chi sono e non so chi sei, ma mi obblighi a parlare di me...".

Zucchero_filato: "Allora smettila di rispondermi".

Milla: "Sei tu che mi cerchi".

Zucchero_filato: "Sei tu che mi rispondi".

Milla: "Si chiama educazione".

Zucchero_filato: "Puoi mandarmi al diavolo, con educazione".

Milla: "Non lo farei mai".

Zucchero_filato: "Potresti farlo, potresti mandarmi a quel paese".

Milla: "...".

Milla: "Mi intrighi molto".

Zucchero_filato: "Anche tu".

Milla: "Mi sembra di conoscerti da una vita, questo tuo modo di prendermi in giro sembra quasi familiare... Non ci capisco niente".

Zucchero_filato: "L'altro giorno, passeggiando per Torino, ho visto che le tue parole non erano attaccate solo alla fermata".

Milla: "Sono un po' ovunque, lascio amore dove capita".

Zucchero_filato: "L'amore dovresti tenertelo addosso. È lì che vorrei avere le tue parole. Posso farti da tela, muro, pensilina?".

Milla: "Ahahah, dài, così non vale".

Zucchero_filato: "Come non vale? Guarda che sono di bella presenza! Dovresti proprio vedermi".

Milla: "Dài, parlami di te. Raccontami qualcosa che secondo te potrebbe interessarmi".

Zucchero_filato: "Scrivo anche io, da anni. Ho perso il conto delle parole che ho usato per le persone che mi hanno fatto male. Secondo te perché le persone feriscono?".

Milla: "È difficile non ferire qualcuno. A tutti capita di ferire, non trovi?".

Zucchero_filato: "Sì, penso che tu abbia ragione. Però è strano che molte persone non ci facciano nemmeno caso".

Milla: "Non tutte le persone sono uguali, e a volte non ci si rende conto di quello che si fa, magari all'inizio tutto parte per gioco e poi ti ritrovi a fare i conti con i danni che hai provocato senza saperlo".

Zucchero_filato: "Leggendo le tue parole mi è venuta in mente una cosa che mi è successa al liceo. C'era una ragazza, si chiamava Silvia. Si era innamorata di me al punto da seguirmi ovunque. Non era brutta eh, sia chiaro, ma io non volevo impegnarmi".

Milla: "Classico, siete tutti così!".

Zucchero_filato: "Lasciami continuare, miss so tutto io. Alla fine dell'anno abbiamo organizzato una festa di classe, e io per gioco ho iniziato a offrirle da bere, con i miei amici che ovviamente mi incitavano. Be', fatto sta che alla fine lei, ubriachissima, mi bacia in bocca. E io non so cosa fare. Quando le ho detto che aveva frainteso e non mi interessava, lei è scoppiata a piangere e mi ha mollato un ceffone. Insomma, volevo solo divertirmi un po'…".

Milla: "Volevi portartela a letto, come fanno tutti in queste occasioni".

Zucchero_filato: "Hai una brutta idea di me, non sono quello che pensi".

Milla: "Dicono tutti così, e poi si rivelano delle merde. Comunque, caro Zucchero_filato, mi ha fatto molto piacere chiacchierare con te, ma si sono fatte le quattro e io avrei bisogno di chiudere gli occhi e sognare finali migliori per la tua storia".

Zucchero_filato: "Va bene, hai ragione, anche io domani ho la sveglia presto. Ti auguro la buonanotte, spero di risentirti nei prossimi giorni. Un abbraccio".

Milla: "Dolce notte!".

47

I giorni passano e io e Matilde abbiamo deciso di tenere il nostro rapporto al di fuori dell'ufficio. Ci incontriamo spesso nelle pause caffè, come due romantiche ribelli ci baciamo di nascosto dopo aver controllato che non arrivi nessuno.

Mi sento una liceale al primo amore, quando mandi un messaggino al ragazzo che ti piace per vederlo nei bagni o sulle scale e poi, subito dopo aver girato l'angolo, eccovi abbracciati con le bocche sporche l'una dell'altro. Mi sento esattamente così, con l'elettricità che mi scorre dentro e un sorriso sfacciato sempre pronto.

Qualche giorno fa siamo andate a trovare mia madre e Frida, entrambe felicissime di vederci. Abbiamo deciso di lasciare Frida in campagna, è la cosa più giusta da fare e mia mamma, quando gliel'abbiamo detto, si è accesa tutta di felicità.

La sera, poi, spesso Matilde si ferma a cena da me, o io da lei. Non c'è una casa vera e propria, perché casa sono le nostre braccia, i nostri cuori, i nostri sorrisi.

L'unica cosa che mi tormenta, nelle poche ore vuote che passo da sola, è il mio rapporto segreto con Zucchero_filato. Ogni giorno, alla stessa ora, ci raccontiamo la giornata trascorsa. Continuiamo a scriverci a lungo, e spesso si fa l'alba senza che nessuno dei due se ne accorga. La cosa assurda è che mi sembra di non poterne fare a meno. A questa persona sconosciuta, che ogni volta sembra capirmi e rincuorarmi, racconto davvero tutto, anche quello che non riesco a raccontare a Matilde... Specialmente perché spesso è proprio di lei che parlo.

Zucchero_filato: "Questa Matilde deve essere proprio una bella persona".

Milla: "Sì, è la mia persona! È la persona con cui vorrei condividere tutto".

Zucchero_filato: "Sa di me? Sa che ogni notte hai un appuntamento fisso con me?".

Milla: "No... ma non ci trovo niente di male".

Zucchero_filato: "Appunto. Allora perché non glielo dici?".

Milla: "Perché non è importante".

Zucchero_filato: "Sì che lo è. Come ti sentiresti se lei ti nascondesse una cosa del genere?".

Milla: "Hai voglia di mettermi in crisi, vero? Cosa vuoi da me?".

Zucchero_filato: “Niente, non voglio niente da te. Ma dovresti essere sincera con la persona che ami”.

Milla: “Io sono sincera. Smettila adesso”.

Zucchero_filato: “Allora possiamo anche smettere di parlare. Tra di noi non c’è niente, o sbaglio?”.

Milla: “…”.

Zucchero_filato: “Non ti sarai mica affezionata a me?”.

Milla: “No, io non mi fido di te!”.

Zucchero_filato: “Come non ti fidi di me?”.

Milla: “No, per niente. Non ho ancora capito cosa sei, chi sei. A cominciare dal tuo nome, ti chiami ‘zucchero filato’. Da bambina vedevo la gente che ci affondava il muso e lo volevo a tutti i costi, poi l’ho assaggiato e mi ha fatta ricredere. Una delusione. Ecco, tu sei così: non voglio sapere niente di te, non ti voglio assaggiare. Voglio solo parlarti delle mie giornate e continuare a scherzare del più e del meno. Io sto bene con Matilde. E poi non mi hai detto che anche a te piace qualcuno? Confessati, diglielo!”.

Zucchero_filato: “Lo farò quando sarà opportuno, adesso vado a fare una passeggiata. Stammi bene”.

Milla: “A presto”.

Questa conversazione mi lascia svuotata. Tutti vorremmo qualcuno con cui parlare quando abbiamo troppe emozioni dentro, quando le parole strabordano. Io mi sto accontentando di una persona che non ho mai visto e che in realtà non so nemmeno come si chiami. Tra noi due, quella che si racconta sono io, sempre e solo io.

Forse ha ragione, forse dovrei dire tutto a Matilde. Mi sono arrabbiata per un bacio, e adesso le sto tenendo nascosta questa storia, che non ha niente a che vedere con i baci, ma con la testa un po' sì. Inizio a sentirmi in colpa per le cose che ho omesso tra noi.

"Ti va un caffè al solito bar, dopo il lavoro?" scrivo a Matilde il giorno seguente.

"Certo, aspettami giù."

"A dopo."

"Bacio."

Lei sembra tranquilla, io invece sono a terra. Non so come dirglielo, non so se dirglielo, potrei tranquillamente lasciar perdere tutto e far finta di niente, ma il peso del silenzio alla lunga mi tormenterebbe. E se poi Matilde dovesse scoprirlo comunque?

Mi sono innamorata dei tuoi occhi grandi
e degli errori che hai commesso prima di incontrarmi.
Mi sono innamorata delle cose piccole, dei baci
fra gli occhi, delle mani che si trovano.
Mi sono innamorata della tua schiena,
che a poco a poco è diventata la mia tela preferita.
Ti prego, amore, perdona anche i miei di sbagli.
Ti lascio questo foglietto, e te lo lascio sul cuore.
Abbi cura di te, di me. E, se un giorno avrai paura,
ricordati di noi e di ciò che siamo stati.

48

Aspetto Matilde con l'ansia addosso. Sto per buttare tutto all'aria, e per cosa?

«Ciao amore, cos'è quella cera?»

«Niente, sono un po' stanca… caffè?»

«Sì, devo anche dirti una cosa» mi dice con un sorrisino furbetto.

Matilde è proprio bella, con il tailleur da ufficio. Mi sembra ancora più bella oggi, che ho paura di perderla per sempre.

«Allora?» mi chiede, con gli occhi che brillano. «Sei pronta per sapere la notizia?»

«Spara!»

«Ho ottenuto una promozione!»

«Cosa? Davvero?»

«Sì! Sono viceresponsabile!»

«Ma qui bisogna festeggiare, bravissima! Congratulazioni, amore, sono così fiera di te!»

«Stasera ti porto a cena, voglio ballare tutta la notte, ti va?»

«Andiamo dove vuoi.»

«Sono così felice, mi sembra che le cose belle stiano capitando tutte insieme. Oggi questo… e poi tu.»

L'arrivo dei caffè mi distrae un attimo, volto lo sguardo e in lontananza vedo un volto familiare: Ginevra!

«Amore, guarda quella ragazza che sta entrando!» esclamo.

«Sì, la vedo.»

«Un giorno ero qui seduta e l'ho vista piangere. Ci siamo messe a chiacchierare e…»

«Ma è giovane!»

«Sì, frequenta l'università.»

«Chiedile di sedersi qui con noi.»

«In realtà anche io volevo parlarti di una cosa…»

«Me ne parli dopo, dài. Abbiamo tutta la sera!»

«Va bene…»

La guardo per qualche secondo. No, non le dirò niente.

Abbandono l'idea di dirle la verità e, prima di cambiare idea, mi affretto a chiamare Ginevra.

«Ginevra!»

Lei si guarda attorno un po' frastornata. «Camilla! Ciao…»

«Come stai? Lei è Matilde.»

«Piacere di conoscerti, Matilde, io sono Gin. È un po' che non ci vediamo!»

«Siediti con noi, ci farebbe piacere.»

«Grazie mille, ma giusto cinque minuti perché poi ho lezione!»

«Come procedono gli studi?» le chiedo.

«Benissimo, a breve finisco!» Ginevra si volta verso Matilde e le sorride. «Tu invece di cosa ti occupi?»

«Io e Matilde facciamo lo stesso lavoro» dico. «Siamo segretarie in una società di consulenza.»

Matilde mi interrompe subito. «Io ho avuto una promozione oggi, ora sono viceresponsabile!»

«Congratulazioni! Dài, allora ve lo offro io il caffè!»

«Ma no, non ti preoccupare» fa Matilde.

«Insisto. Tanto più che vi devo già abbandonare, tra pochissimo devo essere in aula. È stato un piacere rivederti, Camilla, e un piacere conoscere te, Matilde!»

«Ciao, Ginevra» le dico abbracciandola, prima che scappi via.

«Molto carina, questa ragazza» commenta Matilde guardandola mentre si allontana. «Com'è che vi siete conosciute?»

«Te l'ho detto. Era qui che piangeva, mi sono avvicinata e abbiamo scambiato quattro chiacchiere.»

«Devo tenerti sotto controllo anche da lontano.»

«Esagerata.»

«Sarà... cos'è che volevi dirmi?»

«No, niente di importante.»

«Meglio così. Adesso andiamo, voglio prepararmi per la serata di festa!»

«Hai già in mente qualcosa?»

«In realtà no, ma ci penserò tornando a casa!»

Ci salutiamo con un bacio agli angoli della bocca.

«Non fare danni senza di me.»

«Stai tranquilla. Ti scrivo appena sono a casa. Tu pensami.»

«Sempre!»

Una volta rientrata nel mio appartamento, comincio a spogliarmi per fare una doccia calda, mi butto sotto il getto dell'acqua e mi coccolo i capelli per alleviare il peso dei pensieri.

Non sono riuscita a dire la verità a Matilde e adesso ho una paura folle che prima o poi la possa scoprire da sola.

La cosa più facile sarebbe ammettere le mie colpe, raccontare tutto con estrema sincerità. Stasera però no, stasera si festeggia.

Uscita dalla doccia, prendo il computer e mando un messaggio a Zucchero_filato.

Milla: "Mi sento in colpa, non ci sono riuscita".

Corro a bere un sorso d'acqua con l'asciugamano in testa.

Zucchero_filato: "Mi sei mancata".

Guardo il messaggio e sgrano gli occhi. Improvvisamente sento una fitta alla bocca dello stomaco: qualcosa sta andando nel verso sbagliato. Eppure, ancora una volta, lascio che i miei pensieri diventino fragili e rispondo al suo messaggio arrogante.

Milla: “Come fai? Lo sai che sto vivendo una storia d’amore bellissima e mi dici che ti sono mancata!”.

Zucchero_filato: “È la verità. Mi sei mancata, e so che un po’ hai pensato a me. Te lo leggo negli occhi”.

Milla: “In che senso?”.

Zucchero_filato: “Sì, te lo leggo negli occhi!”.

Milla: “Dietro a uno schermo?”.

Zucchero_filato: “Se non mi avessi pensato, non mi avresti scritto”.

Milla: “Ti ho scritto perché mi sento in colpa. Ed è a causa tua”.

Zucchero_filato: “Le cose si fanno sempre in due, Milla”.

Milla: “Sì, ma non c’è niente di male a scriversi ogni tanto… Il problema è che ho come l’impressione che le cose siano degenerate. Sento il bisogno di tenerti con me”.

Zucchero_filato: “È bello quello che hai detto”.

Milla: “Lo so, non sono scema”.

Zucchero_filato: “Non ho mai pensato che lo fossi”.

Zucchero_filato: “Se ti dicessi che ti ho vista oggi?”.

Milla: “Sai chi sono?”.

Zucchero_filato: “Forse”.

Milla: “Dài, dimmi la verità”.

Zucchero_filato: “Sì, ti ho vista. Sorridevi”.

Non posso crederci. Questa persona sa chi sono. Questa persona mi conosce, le capita di vedermi in giro.

Milla: “Non ci credo”.

Zucchero_filato: “Avevi una gonna con i fiori”.

Milla: “… Sì”.

Zucchero_filato: “Ti ho riconosciuta per caso. Mi ricordavo dei tuoi capelli, una volta ti ho vista andare via dopo aver attaccato un biglietto. Non ti ho detto nulla per non spaventarti”.

Milla: “Capisco… devo andare adesso”.

Zucchero_filato: “Immaginavo…”.

Milla: “No, non è per te. Stasera Matilde mi porta a cena, devo prepararmi”.

Zucchero_filato: “Ne riparleremo”.

Milla: “Buona serata”.

Zucchero_filato: “Anche a te”.

Spengo il computer e resto a fissare lo schermo nero per quasi cinque minuti. Non so bene cosa mi stia passando per la testa, ma sto tremando. Per un attimo ho paura, una paura folle.

Corro in bagno a prepararmi, mentre la terra sotto ai piedi inizia a mancarmi. Devo mantenere la calma. Non so che fare, così faccio l’unica cosa che mi viene in mente: chiamo mia madre.

«Mamma, ho bisogno di te.»

«Che è successo?»

Le racconto ogni cosa, nei minimi dettagli.

«Amore, fossi in te avvertirei Matilde. Se stasera non te la senti, fallo domani, ma fallo.»

«Lo so…»

«In fondo non hai ucciso nessuno, capirà.»

«E se mi chiede di farle leggere i messaggi?»

«Faglieli leggere!»

«Non posso, mamma! Matilde scoprirebbe che ho un blog, che scrivo di lei, che parlo di noi.»

«Amore, pesa le cose. Qui si tratta di perdere la persona che dici di amare. Stai attenta.»

Ha ragione. So che ha ragione. La saluto con mille pensieri in testa, e intanto tiro fuori dall'armadio un vestito rosso fuoco. Forse non ho abbastanza coraggio per parlare subito con Matilde, ma almeno stasera posso farle girare la testa.

49

“Ciao, perfettina” mi scrive Matilde su WhatsApp. “Venti minuti e sono da te. Ti sei fatta bella?”

“Perché, non lo sono sempre?”

Dopo venti minuti esatti mi dice di scendere. È fuori, in macchina, che mi aspetta.

Per salutarmi mi bacia con passione, un bacio travolgente.

«Sei sexy con questo vestito» sussurra.

«Dove mi porti?» chiedo io, arrossendo.

«Dove vuoi.»

Appoggio la mano sulla sua mentre percorre le strade del centro, attacco Spotify e insieme cantiamo a squarciagola le nostre canzoni preferite, con i finestrini tirati giù, incuranti dei passanti e del traffico. Siamo insieme e stiamo esplodendo di felicità.

Per la cena scegliamo un ristorante vegano super chic, di quelli frequentati da gente famosa ed elegante, che lascia mance da cento euro senza pensarci neanche. Vogliamo sentirci importanti, per una sera.

Matilde prende un piatto di verdure in cui gli ingredienti sono completamente crudi, ma sono presentati in modo da sembrare cotti, io un tofu saltato pieno di spezie dal sapore incredibile. I piatti sembrano tavolozze, decorati con petali e pennellate di salsa, e noi non ci siamo mai sentite così fighe.

Uscite dal ristorante, nessuna delle due ha voglia di ballare. Vogliamo solo stare insieme, passare la notte insieme.

«Andiamo da me» propongo a Matilde, e lei in risposta mi sorride e mi bacia forte.

Ancora prima di entrare in casa, sento il suo respiro sul collo. Mi vuole, continua a sussurrarmelo con la bocca mentre mi bacia da dietro. Mentre tiro fuori le chiavi, mi avvicino ancora e la bacio a lungo, le nostre lingue diventano una cosa sola. Le sue mani mi scorrono addosso, mi alzano la gonna. Appena richiudo la porta dietro di noi, me la ritrovo addosso.

«Ti voglio.»

«Ce ne hai messo di tempo.»

Il suo corpo caldo si muove lentamente su di me, mi scivola dentro, lo sento ovunque. Non è amore, ma la fusione di due anime che non possono più stare l'una senza l'altra.

Passiamo la notte così, con addosso sapori nuovi che ci rendono ribelli. Mi viene voglia di farlo ancora, non riesco a dirle basta, anzi, vorrei che non finisse mai. Continuiamo a fonderci per ore e poi, finalmente, ci addormentiamo abbracciate.

Questa è la notte migliore della mia vita.

Ci svegliamo alle sette in punto con la sveglia. Matilde mi bacia subito.

«Dài, so di sonno…»

«Mi piaci da impazzire.»

Preparo il caffè e facciamo colazione in terrazza, tra un bacio e l'altro, ricomponendoci per poi scomporci nuovamente. Abbiamo fame l'una dell'altra, ma è tardi e dobbiamo sbrigarci, sistemare i vestiti, rimettere insieme le cose e presentarci in ufficio. Soprattutto lei: arrivare in ritardo il giorno dopo aver ottenuto una promozione non è proprio un buon biglietto da visita.

Quando raggiungiamo l'ufficio, prendiamo l'ascensore e cerchiamo di non guardarci. Niente baci, c'è troppa gente che conosciamo. Mi saluta con un sorriso e mi fa cenno di guardare il cellulare.

"Buongiorno tesoro" mi ha appena scritto.

"Siamo di buon umore oggi, come mai?" rispondo, aggiungendo l'emoticon con l'occhiolino.

"Se fai ogni giorno come stanotte finisce che mi innamoro."

"Secondo me ti sei già innamorata e non me lo dici" la provoco.

"Fai la brava senza di me" si limita a rispondermi lei.

"Ti aspetto dopo?"

"No, oggi devo restare fino a tardi. Ti chiamo quando torno a casa."

Passo la giornata a sorridere anche nei momenti più noiosi, mentre rispondo a mail e sistemo faldoni e scartoffie. Fortunatamente, il tempo passa in fretta e arriva presto l'ora di tornare a casa.

Mi butto sul divano, chiudo gli occhi e penso alla scorsa notte.

Prendo il computer per buttar giù qualcosa, ma improvvisamente mi sento pervasa da una sensazione strana. Di nuovo quei sensi di colpa, che non riescono a lasciarmi libera.

Milla: "Ehi".

Aspetto qualche secondo.

Zucchero_filato: "Buonasera!".

Milla: "Come stai?".

Zucchero_filato: "Tutto bene, e tu come stai?".

Milla: "Una favola, sono felice!".

Zucchero_filato: "Ah sì? Come mai?".

Milla: "È successa una cosa bellissima!".

Zucchero_filato: "Cioè? Dài, racconta".

Milla: "Io e Matilde abbiamo fatto l'amore!".

Dall'altra parte il messaggio risulta visualizzato, ma non ottengo risposta almeno per venti minuti.

Milla: "Ehiii".

Zucchero_filato: "Scusa, ero al telefono. Ma dài? Che bella notizia, sarai contenta!".

Milla: "Contenta? Penso di non essere mai stata così felice! E tu invece? Hai trovato il coraggio di dichiararti?".

Zucchero_filato: "No, non ancora".

Milla: "Peccato… comunque ho deciso di non dire niente a Matilde, per ora. Non è il momento, potrei rovinare tutto per una sciocchezza. In fondo non c'è nemmeno niente da dire!".

Zucchero_filato: "Sai, anche io ho pensato a questa situazione. È vero, non c'è niente da dire, ma credo che dovremmo terminare qui questa nostra conoscenza! Con il tempo potrebbe farci male, e non ha senso farsi male per una 'sciocchezza'".

Milla: "Ma io non voglio!".

Zucchero_filato: "Nemmeno io, ma è la cosa giusta! Poi l'hai detto anche tu, non ci siamo nemmeno mai visti. Perché continuare? Che senso ha?".

Milla: "Non capisco… fino a ieri era tutto normale, e adesso?".

Zucchero_filato: "Mi dispiace, ma sai che è la cosa migliore da fare. È stato un piacere conoscerti, Camilla, sei proprio una bella persona. Addio".

Non faccio in tempo a rispondere, perché Zucchero_filato è già offline.

50

Non ci sto capendo niente, anzi, sto per esplodere dal nervoso. C'è qualcosa che mi manca, un passaggio che non mi è chiaro. Lascio perdere e mi butto a letto, in questo momento non ho voglia di parlare nemmeno con Matilde.

Mi risveglia il suono del citofono, guardo l'ora: le nove di sera. Non aspetto nessuno.

«Chi è?»

«Io.»

È Matilde, accidenti!

«Ti apro...»

Una volta dentro, mi dà un bacio sulla guancia.

«Che succede? Ti sei appena svegliata?»

«Sì, in realtà sì...»

«Ti ho anche chiamato, ma era spento, così sono passata.»

«Hai fatto ben...»

«Oh, Cami! Che succede? Che hai?»

«Dobbiamo parlare...»

«Devo preoccuparmi?»

All'improvviso mi torna in mente la sensazione che si prova quando qualcuno ti dice: «Dobbiamo parlare». Penso a Giovanni e alla sua paura, quella sera, davanti al mio messaggio. Ogni volta che pronuncio queste parole, qualcosa finisce per spezzarsi.

Ma Matilde questo non lo sa, Matilde non è pronta per questo. E probabilmente non lo sono nemmeno io.

«Non lo so, Matilde, ma è una cosa importante.»

«Va bene... dimmi.»

«Ti ricordi che c'era una persona che rispondeva ai miei bigliettini? Ecco, ingenuamente all'ultimo bigliettino le ho risposto: "Trovami". Ero certa che tutto sarebbe finito lì... non immaginavo che questa persona potesse trovarmi davvero. E invece è successo.»

«E come ti ha trovata?»

«Mi ha scritto sul blog.»

«Aspetta... tu hai un blog?»

«... Sì.»

«E perché io non ne sapevo nulla? Camilla... quante cose non so?»

«Fammi spiegare.»

«Pensi che ci sia davvero qualcosa da spiegare?»

«Sì, perché non è come sembra!»

«Allora com'è?»

«Non potevo sapere che questa persona mi avrebbe trovata!»

«Questa persona, non ce l'ha un nome?»

«Non lo so.»

«Come non lo sai?»

«Non lo so, abbiamo solo parlato sulla chat del blog, ma non so chi sia!»

«Vi siete parlati. Cosa vi siete detti?»

«Niente, abbiamo chiacchierato.»

«Voglio leggere.»

«No, ti prego.»

«Perché no? Se non vi siete detti niente che problema c'è?»

«Per favore, ci sono cose che non sai... ci sono i miei pensieri.»

«Non me ne frega dei tuoi pensieri, voglio leggere quei benedetti messaggi!»

«Calmati.»

«Come faccio a calmarmi? Abbiamo passato la notte a fare l'amore e tu adesso mi vieni a dire che ti scrivi da chissà quanto con uno sconosciuto, e che gli scrivi cose che io non posso leggere!?»

«Avrei voluto dirtelo prima... ma non ci sono riuscita.»

Matilde prende il computer e le basta sollevare lo schermo per ritrovarsi davanti una fila di messaggi nuovi che nemmeno io ho ancora letto.

Zucchero_filato: "Senti, Camilla, tu mi piaci. E lo so

che un po' ti piaccio anche io. Lo so che è complicato, ma dovevo dirtelo, dovevo farlo".

Zucchero_filato: "Mi ha dato fastidio sapere che hai fatto l'amore con Matilde, e sai perché?".

Zucchero_filato: "Perché fino a ora ti ho sempre sentita con me, pensavo che durante il giorno poteva succedere qualsiasi cosa, ma poi la notte, ogni fottuta notte, tu avresti sempre trovato il tempo per me".

Zucchero_filato: "Non sono nessuno, ma forse è arrivato il momento di uscire allo scoperto. Vediamoci, ne abbiamo bisogno sia tu sia io".

Zucchero_filato: "Fammi sapere cosa ne pensi".

Zucchero_filato: "Perdonami".

A Matilde bastano queste parole per scoppiare in lacrime. Non l'ho mai vista piangere e adesso sta piangendo per me, per colpa mia.

«Da quanto va avanti?»

«Un mese.»

«Hai avuto così tanto tempo per dirmelo.»

«Lo so… mi dispiace, ma non è nessuno per me. Questi messaggi sono appena arrivati, l'hai visto anche tu… cioè, io non ho fatto niente!»

«Se ti dice certe cose è perché gli hai dato modo di pensarle.»

«Ti prego, Matilde… ma insomma, dopo tutta la scenata che ti ho fatto per quel bacio pensi davvero che potrei fare una cosa simile? Non c'è stato niente! Non so nemmeno chi sia!»

Matilde mi guarda con gli occhi più tristi del mondo.

«Vai, Camilla, vai a incontrarlo. Tra noi è finita, non ti voglio più vedere.»

«Matilde, ti prego… non andartene!»

«Parli tanto d'amore, regali amore agli estranei… Ma la verità è che tu l'amore non lo conosci. Addio.»

Matilde corre via sbattendo la porta, e io non riesco a fare altro che buttarmi a terra e piangere, ininterrottamente. Me lo merito, lo so, è stata tutta colpa mia. Ho perso Matilde per una stronzata. Non posso crederci, non riesco quasi a respirare. "Perché?" continuo a domandarmi. "Perché ho fatto una cazzata simile?"

Piango per la notte intera, piango così forte da consumare tutte le lacrime. Provo a mandare qualche messaggio a Matilde, provo a chiamarla ma niente, dopo pochi squilli parte subito la segreteria. Mi sento inutile, come se senza di lei non ci fosse più alcuno scopo per andare avanti.

Ha ragione lei, dell'amore non so niente. Ogni volta mi riempio di belle parole, ma quando finisco a terra, poi, non riesco più a rialzarmi.

51

Quando entro in ufficio, Matilde è già arrivata da un pezzo. Quando provo ad avvicinarla nella pausa caffè, fugge in una riunione. Quando è ora di andare via, provo a chiamarla ma continua a ignorarmi.

Niente, non c'è più niente da fare.

I giorni passano sempre più vuoti, sempre più tristi. Non trovo nemmeno le parole giuste da scrivere, buttar giù i pensieri non mi viene bene, se accanto non ho più lei. Mi blocco a ogni frase, ogni parola sembra inutile, superflua. Vorrei urlare, urlare con tutta la voce che ho in corpo, ma intorno ho solo un silenzio assordante, il silenzio lasciato da lei.

Prendo il computer per cancellare quella maledetta chat. Lo zucchero filato mi aveva delusa da bambina, e ora che sono grande mi ha fregata un'altra volta. Sono stata spezzata, anzi, mi sono spezzata da sola. Ho preso il mio cuore e l'ho fatto in mille pezzi.

Prima di cancellare Zucchero_filato dalla mia vita, rileggo gli ultimi messaggi.

E anche stavolta, come tutte le volte, una forza sconosciuta si impossessa di me e mi rimescola tutto dentro.

Milla: "Va bene, incontriamoci. Questa sera alla fermata, quella dei bigliettini. Alle 23.00 in punto. Come ti riconosco?".

Vado a farmi una doccia, aspettando di sentire il suono della notifica.

Eccolo.

Zucchero_filato: "Mi riconoscerai. A dopo!".

Una parte di me è spaventata, incontrare uno sconosciuto così tardi non è una mossa prudente... Ma l'altra parte ha bisogno di chiudere il cerchio nell'esatto punto in cui tutto è iniziato.

Non metto niente di elegante, anzi, mi infilo una tuta. Non me ne frega niente, non è un appuntamento galante. Voglio solo vedere in faccia chi si nasconde dietro quelle parole, dietro quel nome.

Arrivo con qualche minuto di anticipo, resto alla fermata finché non vedo una sagoma vestita di nero avvicinarsi.

«Camilla.»

Un colpo al cuore. Riconosco subito la voce, non ho dubbi.

Alzo lo sguardo e mi ritrovo davanti la sua figura femminile, alta, giovane e bella.

«Non ci credo! Com'è possibile... Come facevi a sapere che ero io?»

«Ecco, Camilla... la verità è che io ti conosco da molto tempo. Ti seguivo già sul blog, prima che lo chiudessi... sapevo che eri tu. Quando hai lasciato quel biglietto alla caffetteria, ti ho riconosciuta subito. Tempo fa avevi pubblicato la foto di una pagina del tuo diario... e la grafia è stata la prova definitiva.»

«Non ci credo che sei tu.»

«Eppure sono io.»

«Ginevra...»

«Già» sorride.

«Ma... e con Matilde? Come hai fatto a mantenere il silenzio, quando ci siamo viste alla caffetteria?»

«Non ti avrei mai messo nei guai, Camilla. Mai.»

«Eppure l'hai fatto!»

«Perché dici così?»

«Io e Matilde abbiamo chiuso!»

«Perché?»

«Perché ha letto i tuoi ultimi messaggi... cazzo, e pensare che le ho pure parlato di te!»

Ginevra mi guarda con un'espressione che non so decifrare, un misto di imbarazzo, tristezza, eccitazione.

«Senti, lo so, è stato un errore bello grosso...»

«Cosa vuoi da me?»

«Niente, non voglio niente.»

«E allora perché mi hai scritto quelle cose? Perché l'hai fatto?»

«... Avevo bisogno di uscire allo scoperto, la cosa stava diventando troppo grande e io avevo paura di non gestirla. Era un gioco, all'inizio...»

«Sì, era un gioco. Peccato che poi mi hai rovinato la vita!»

«Camilla, mi dispiace. Non avrei mai immaginato che lei leggesse i messaggi...»

«E io non avrei mai immaginato che tu potessi arrivare a tanto.»

Adesso nei suoi occhi c'è solo tristezza.

«Va bene, ho capito. È meglio andare.»

«Non cercarmi più» le dico, dura. «Non serve.»

«Non lo farò. In realtà volevo solo salutarti un'ultima volta: lunedì mi laureo e poi parto per la Cina. Come vedi, era destino che questa storia non avesse un futuro.»

Non so come mi sento. Confusa, certo. Ma anche un po' dispiaciuta.

«Abbi cura di te, Gin. Lo dico davvero.»

«Comunque tu mi piacevi sul serio.»

«Addio, Ginevra.»

«Addio, Camilla.»

52

È passato qualche giorno, e adesso sento addosso un sollievo non indifferente.

Quello che è successo con Ginevra mi ha fatto capire quanto importante sia per me Matilde, e quanto sia stata stupida a lasciarmi trascinare in una fantasia assurda che poi, non appena è entrata a contatto con la realtà, si è sgonfiata come una bolla di sapone.

Matilde, però, si rifiuta ancora di parlarmi.

Allora le ho scritto una lettera, perché alla fine quando le scrivo le cose hanno sempre un senso più pieno, più giusto. Dopo averla scritta, l'ho divisa in piccoli foglietti simmetrici: voglio dichiararmi a tutto il mondo. Sì, mi piace una donna, e no, non ci trovo niente di male.

Prima di attaccare i biglietti, però, faccio un ultimo tentativo e provo a chiamare Matilde. Che, incredibilmente, risponde. Le racconto di Ginevra, dell'appuntamento, del cerchio che adesso finalmente si è chiuso.

«Se non mi vuoi più, devi dirmelo in faccia» concludo infine, cercando di mostrarmi sicura di me.

«In quanti modi te lo devo dire? È finita, non ti voglio più vedere, mi fai schifo, ok?»

«Non ti faccio schifo, lo so. Almeno vieni a dirmi addio, ti chiedo solo questo. Poi ti prometto che di me non saprai più niente.»

Sento che sbuffa ed esita. Poi si decide: «Va bene».

«Stasera, alle otto alla caffetteria. Puntuale mi raccomando.»

Bingo! Preparo tutto in maniera minuziosa, curo i particolari perché so che tra di noi sono sempre stati la cosa più importante.

Chiedo ai ragazzi della caffetteria di aiutarmi portandole un biglietto alla volta, per darle il tempo di leggere e di capire. Sono tutti emozionati, ma io lo sono di più. Non so come andrà, se ne uscirò vincitrice oppure no, ma devo dire tutto a Matilde, devo confessarle il mio amore, deve sapere che il mio cuore batte solo per lei.

Eccola, vedo la sua sagoma arrivare da lontano.

Passo dopo passo, i dettagli si mettono a fuoco: le sue curve meravigliose, le sue gambe, i suoi capelli, i suoi occhi.

«Ciao...»

«Ciao.»

«Come stai?»

«Dài, non farmi 'ste domande.»

«Senti, Mati, mi dispiace. Lo so che sei arrabbiata, che non ti fidi più di me, ma credimi, non è successo niente.»

«Non lo so, Camilla. Mi hai fatto una scenata per quello stupido bacio, ma poi sei riuscita a guardarmi in faccia, a baciarmi, a fare l'amore con me tenendomi nascosta una cosa che comunque, in fondo, per te era importante…»

Ci interrompe l'arrivo del ragazzo con i caffè, che lascia un biglietto sul tavolo davanti a Matilde.

Non sarò la persona più giusta sulla faccia della terra, ma ciò che provo quando ti ho accanto è qualcosa che a parole non riesco a spiegare.
Lo so, ho sbagliato. Tutti sbagliamo nella vita, ma lo sai come la penso, ciò che conta è capire, saper chiedere scusa.
Adesso l'errore più grande sarebbe perderti per sempre.

«Cami…»

Arriva anche il secondo biglietto.

Lo so che vorresti mandarmi a quel paese, ma ti prego, ascoltami. Ti ricordi la nostra prima notte? Tu avevi bevuto un po' troppo, e io ti ho chiesto di restare. Ecco, quella notte sono rimasta sveglia a guardarti. Già allora avrei voluto baciarti, poggiare le mie labbra sopra le tue e schiuderle piano.
Non sono pazza, ma so che sei tu la mia persona.

«Così non vale.»

«E non è finita qua» dice il cameriere, mettendole sotto il naso un altro bigliettino.

Adesso ascolta ancora, ascolta ciò che dice il mio cuore. Quello che provo per te va oltre ogni sentimento che ho conosciuto fino a oggi. Vorrei usare per te parole che nessuno ha detto mai. Vorrei cantarti le tue canzoni preferite e guidare per ore solo per sentire la tua mano sulla mia. Non sono solo parole, e lo sai, lo vedi nei miei occhi: ho l'amore addosso, ogni volta che parlo di te. Mi hai resa felice di essere ciò che sono, cara, dolce Matilde. Mi sono innamorata di te per la persona che sei, per quello che mi dai.
E lo so che non è facile mettersi accanto un disastro come me... ma ti prego, provaci. Provaci per noi, per tutte le cose belle che abbiamo condiviso, per l'amore che abbiamo fatto e per tutto l'amore che faremo.
Ti prego, Matilde. Perdonami.

Gli occhi di Matilde adesso sono umidi, le lacrime le scorrono rapide lungo le guance.

«Amore… ma cosa fai, piangi?»

«Piango, sì. Piango e rido. Perché ho avuto paura, paura che tu non facessi niente per riprendermi, paura che tu avresti preferito un'altra. Lo so, sei una donna e anche io sono una donna e probabilmente per noi è tutto nuovo… ma l'amore è amore, non puoi scegliere di chi innamorarti. Io ti perdono. Ti perdono, Camilla, perché ti amo. Sì, l'ho detto: ti amo.»

L'abbraccio stretta, e il bacio che ci diamo è il bacio più lungo e felice del mondo.

«Ti amo anche io. E adesso, mia cara, non ti lascio più andare.»

Amate.
Amate come non mai, e non permettete
al passato di essere più forte di voi.
Ogni storia d'amore vale la pena di essere vissuta.
E fregatevene se l'amore ha il vostro stesso sesso,
o se ha il colore della pelle diverso dal vostro,
non è questo ciò che conta.
Ciò che conta è il rispetto.
Rispettate chiunque, fatelo sempre.

Ringraziamenti

Grazie, immensamente grazie a chi c'è sempre stato. A chi mi ha permesso tutto questo. A chi ha sorriso insieme a me. A chi non mi ha mai lasciato da sola in tutti questi anni. Grazie a Roberta per le parole, per il supporto e per la pazienza. Grazie agli amici, pochi ma buoni. Grazie a Silvia per le infinite chiacchierate tra una pagina e l'altra. Grazie ad Anna, Carla, Mario, Chiara, Sara e Francesca per avermi motivata nei momenti più difficili. Un grazie speciale a mia nonna Madera per il coraggio e per la forza che mi ha trasmesso in tutti questi anni, senza di lei non ce l'avrei mai fatta. Grazie a mia madre che mi accompagna giorno per giorno.

E grazie a voi per essere arrivati fino a qui.